Bianca™

Jennie Lucas

Bailando juntos

HARLEQUIN™

Editado por HARLEQUIN IBÉRICA, S.A.
Núñez de Balboa, 56
28001 Madrid

I.S.B.N.: 978-84-9010-865-9
Depósito legal: M-13068-2012
Editor responsable: Luis Pugni
Fotomecánica: M.T. Color & Diseño, S.L. Las Rozas (Madrid)
Impresión en Black print CPI (Barcelona)
Fecha impresion para Argentina: 3.12.12
Distribuidor exclusivo para España: LOGISTA
Distribuidor para México: CODIPLYRSA
Distribuidores para Argentina: interior, BERTRAN, S.A.C. Vélez
Sársfield, 1950. Cap. Fed./ Buenos Aires y Gran Buenos Aires,
VACCARO SÁNCHEZ y Cía, S.A.
Distribuidor para Chile: DISTRIBUIDORA ALFA, S.A.

Capítulo 1

H AY ALGUIEN por aquí?
La voz del hombre sonaba dura, retumbaba a lo
largo de aquellos oscuros corredores. Tapán-
dose la boca con una mano, Lilley Smith contuvo los
sollozos como pudo y trató de esconderse en la penumbra. Era sábado por la tarde y, aparte de los guardas de
seguridad que estaban en el vestíbulo de la planta baja,
creía que no había nadie más en aquel edificio de veinte
plantas. Pero eso había sido unos segundos antes... Acababa de oír la campanita del ascensor y había salido corriendo a esconderse en el despacho más cercano, con
el carrito archivador a cuestas.

Estirando un pie, Lilley cerró la puerta con sigilo,
empujándola con el hombro. Se frotó los ojos, hinchados y lacrimosos, y procuró no hacer ni el menor ruido
hasta que el hombre que estaba en el pasillo se fuera.

Había tenido un día tan horrible que casi resultaba
gracioso, después de todo. Después de volver a casa tras
un desastroso intento de ir a correr, se había encontrado
a su novio en la cama con su compañera de piso. Luego
había perdido el negocio de sus sueños. Y para colmo,
al llamar a casa en busca de algo de consuelo, se había
encontrado con que su padre la había desheredado. Un
día impresionante... Incluso para alguien como ella.

Normalmente le hubiera molestado mucho tener que
ponerse al día en el trabajo durante el fin de semana,
pero en un día como ese, ni siquiera se había dado
cuenta. Llevaba dos meses empleada en Caetani World-

wide, pero todavía le costaba el doble de tiempo que a
su compañera Nadia clasificar los archivos, repartirlos
y recogerlos.

Nadia. Su compañera de trabajo, de piso y, hasta esa
misma mañana, su mejor amiga. Suspirando, Lilley se
recostó contra el carrito de archivos, recordando la cara
de Nadia al levantarse de la cama con Jeremy. Cubrién-
dose con un albornoz, había soltado un grito y le había
pedido que la perdonara mientras Jeremy intentaba
echarle la culpa a ella.

Lilley había salido corriendo del apartamento y se
había ido directamente a buscar el autobús que llevaba
al centro de la ciudad. Perdida, buscando consuelo desesperadamente, había llamado a su padre por primera
vez en tres años. Pero eso tampoco había salido muy
bien.

Por suerte todavía le quedaba el trabajo. Era lo único
que tenía en ese momento. Pero ¿cuándo se iría el extraño que estaba en el pasillo? ¿Cuándo? No podía dejar
que nadie la viera de esa manera, con los ojos rojos, trabajando tan despacio como una tortuga porque las letras
y los números le bailaban delante de los ojos. ¿Quién
era aquel hombre? ¿Por qué no estaba bailando y bebiendo champán en la fiesta benéfica como todos los
demás?

Lilley se estremeció. Nunca antes había estado en
aquel despacho, pero era grande y frío. Los muebles
eran de madera noble y oscura. Había una exquisita alfombra turca sobre el suelo y los enormes ventanales
ofrecían una hermosa vista crepuscular del centro de
San Francisco y de la bahía que estaba más allá. Lilley
se volvió lentamente para contemplar los frescos que
decoraban el techo. Era un despacho digno de un rey...
Digno de...

Un príncipe.

Lilley abrió la boca. Una descarga de pánico la re-

corrió de los pies a la cabeza y entonces, involuntaria-
mente, dejó escapar un pequeño grito.

La puerta del despacho se abrió. Lilley reaccionó por
puro instinto y se escurrió entre las sombras hasta me-
terse en el armario más cercano.

–¿Quién anda ahí? –la voz del hombre era seria y
grave.

Con el corazón desbocado, Lilley miró por la ranura
de la puerta y vio la silueta corpulenta de un hombre de
espaldas anchas bajo la tenue luz del pasillo. Esa era su
única salida, pero él estaba justo en medio.

Se cubrió la boca con ambas manos al darse cuenta
de que había dejado el carrito detrás del sofá de cuero
negro. Si encendía la luz, el hombre lo vería enseguida.
Que la sorprendieran llorando en el pasillo era humi-
llante, pero si la pillaban fisgando en el despacho del
director general de la empresa, entonces estaba perdida.

–Sal –los pasos del hombre sonaban pesados y omi-
nosos sobre el suelo–. Sé que estás aquí.

El corazón de Lilley se paró un instante al reconocer
aquella voz profunda con un acento muy particular. No
era el conserje, ni un secretario rezagado... La persona
que estaba a punto de sorprenderla fisgoneando era el
mismísimo director.

Alto, corpulento e imponente, el príncipe Alessandro
Caetani era un multimillonario que se había hecho a sí
mismo, el director general de un conglomerado de em-
presas multinacional cuyos tentáculos se extendían por
todo el planeta. Pero también era un mujeriego empe-
dernido y despiadado. Todas las mujeres que trabajaban
en las oficinas de San Francisco, desde la secretaria más
joven hasta la vicepresidenta cincuentona, estaban ena-
moradas de él.

Ese era el hombre que estaba a punto de pillarla con
las manos en la masa.

Tratando de no respirar, Lilley retrocedió un poco

más hacia el interior del armario, apretándose detrás de las chaquetas, contra la pared. Sus trajes olían a sándalo, a poder... Cerró los ojos y rezó por que el príncipe se fuera y siguiera su camino. Por una vez en su vida, deseaba desesperadamente que ese talento suyo para ser invisible ante los hombres surtiera efecto.

La puerta se abrió de golpe. Alguien apartó las chaquetas... Y una enorme mano la agarró de la muñeca sin contemplaciones. Lilley dejó escapar un pequeño grito. El príncipe Alessandro la sacó del armario de un tirón.

–Te tengo –masculló él.

Encendió una lámpara y un enorme círculo de luz dorada llenó la estancia a su alrededor.

–Pequeña fis...

Y entonces la vio. Los ojos de Alessandro se hicieron enormes de repente. Lilley respiró y, muy a su pesar, no tuvo más remedio que mirar a los ojos a su jefe por primera vez.

El príncipe Alessandro Caetani era el hombre más apuesto que había visto jamás. Su cuerpo, musculoso y tenso bajo aquel exquisito traje de firma, y sus ojos fríos e inflexibles, nunca dejaban indiferente a nadie. Su nariz aristocrática hacía un interesante contraste con aquella mandíbula angulosa, ruda y provocadora, cubierta en ese momento por una fina barba de medio día. Si las leyendas eran ciertas, Alessandro Caetani era medio príncipe, medio conquistador...

–Yo te conozco –él frunció el ceño. Parecía confundido–. ¿Qué estás haciendo aquí?

A Lilley le ardía la muñeca justo donde él la estaba tocando. Chispas de fuego corrían a lo largo de su brazo, propagándose por todo su cuerpo.

–¿Qué?

Él la soltó abruptamente.

–¿Cómo te llamas?

Lilley tardó un momento en contestar.

–Li-Lilley –pudo decir al final–. De archivos.

El príncipe Alessandro aguzó la mirada. Caminó a su alrededor y la miró de arriba abajo. Lilley sintió un repentino calor en las mejillas. Comparada con aquel hombre perfecto vestido con un sofisticado traje, ella no era más que una pobre oficinista, asustadiza y desarreglada con una sudadera y unos pantalones de chándal grises y anchos.

–¿Y qué estás haciendo aquí, Lilley de archivos? ¿Sola en mi despacho un sábado por la noche?

Ella se humedeció un poco los labios y trató de controlar el temblor de las rodillas.

–Yo estaba... estaba... Estaba... eh... –su mirada cayó sobre el carrito de archivos–. ¿Trabajando?

Él siguió su mirada y arqueó una ceja.

–¿Por qué no estás en la fiesta Preziosi?

–Es que... Me quedé sin acompañante –susurró ella.

–Qué curioso –él esbozó una triste sonrisa–. Parece que está a la orden del día.

Aquel acento sexy y envolvente ejercía un poderoso hechizo sobre ella. No podía moverse ni apartar la vista de tanta belleza masculina, fuerte, ominosa, amenazante... Sus muslos eran como los troncos de dos robustos árboles.

¿Muslos? ¿En qué estaba pensando?

Jeremy le había conseguido el empleo en Caetani Worldwide y desde su llegada se las había ingeniado muy bien para pasar totalmente desapercibida ante su millonario jefe.

Sin embargo, en ese momento, bajo la hipnótica mirada de aquel hombre excepcional, sentía una imperiosa necesidad de seguirle la conversación, de preguntarle por qué. No era muy buena diciendo mentiras, ni siquiera cuando se trataba de mentiras piadosas. Pero aquellos ojos profundos, cálidos, le trasmitían una extraña confianza, como si supiera que podía decirle cualquier cosa, y que él lo entendería... Él la perdonaría, le mostraría piedad...

No.

Ella conocía muy bien a esa clase de hombres. Sabía ver lo que había detrás de aquella mirada embelesadora. Aquel príncipe mujeriego e implacable no podía ser capaz de mostrar piedad. Eso era imposible. Si llegaba a enterarse de lo de su padre, de lo de su primo, entonces la echaría a la calle sin la más mínima compasión.

–Lilley... –ladeó la cabeza. Sus ojos brillaron repentinamente–. ¿Cómo te apellidas?

–Smith –murmuró ella y entonces escondió una sonrisa.

–¿Y qué está haciendo en mi despacho, señorita Smith?

Su aroma, ligeramente almizclado, contenía unas notas de algo que no podía identificar, algo viril, algo que solo tenía él... Lilley sintió un escalofrío.

–Estoy repartiendo, eh, archivos.

–Ya sabe que mis archivos van para la señora Rutherford.

–Sí –admitió ella.

Él se acercó un poco más. Prácticamente podía sentir el calor de su cuerpo viril a través de la chaqueta de su traje negro.

–Dígame qué hace aquí, señorita Smith.

Ella tragó en seco y bajó la vista hacia la carísima alfombra que se extendía debajo de sus gastadas zapatillas de correr.

–Solo quería pasar unas horas trabajando tranquila y en paz. Sin que nadie me moleste –añadió.

–¿Un sábado por la noche? –le preguntó él con frialdad–. Estaba fisgoneando en mi despacho. Revisando mis archivos.

Ella levantó la vista.

–¡No!

El príncipe Alessandro se cruzó de brazos. Sus ojos oscuros eran inflexibles; su expresión parecía esculpida en piedra.

–Me estaba escondiendo –dijo ella con un hilo de voz.

–¿Escondiendo? –repitió él en un tono aterciopelado–. ¿Escondiéndose de qué?

Aunque no quisiera decirla, a Lilley se le escapó la verdad.

–De usted.

Alessandro la atravesó con una mirada afilada. Se inclinó hacia delante.

–¿Por qué?

Lilley apenas podía respirar, y mucho menos pensar. El príncipe Alessandro Caetani estaba demasiado cerca.

La suave luz dorada de la lámpara y la penumbra crepuscular del atardecer inundaban el amplio despacho.

–Estaba llorando –dijo ella en un susurro, intentando tragar a través del nudo que tenía en la garganta–. No podía quedarme en casa. Estoy un poco atrasada en el trabajo, y no quería que me viera porque estaba llorando.

Intentando no echarse a llorar allí mismo, Lilley apartó la vista. Si se ponía a llorar delante de su poderoso jefe, la humillación sería colosal. Él la despediría, sin duda, por haberse colado en su despacho, por el espectáculo lacrimoso, por llevar días de retraso... Cualquier excusa sería buena... Estaba a punto de perder lo único que le quedaba. Su trabajo. Sería el desenlace perfecto para el segundo peor día de toda su vida.

–Ah –dijo él suavemente, mirándola–. Por fin lo entiendo todo.

Lilley sintió una extraña flojera en los hombros. Él debía de estar a punto de decirle que recogiera sus cosas y se fuera de allí sin demora.

La mirada de aquel príncipe inmisericorde estaba

llena de oscuridad, un océano a medianoche, insondable y misterioso, lo bastante profundo como para ahogarse en él.

–¿Estabas enamorada de él?

–¿Qué? –Lilley parpadeó–. ¿De quién?

Una sonrisa le tiró de las comisuras de los labios.

–De él.

–¿Qué le hace pensar que lloraba por un hombre?

–¿Y por qué lloran las mujeres si no?

Ella se echó a reír, pero más bien sonó como un sollozo.

–Todo ha salido mal hoy. Pensaba que sería más feliz si perdía algo de peso. Quise ir a correr. Un gran error –se miró las zapatillas viejas que llevaba puestas, la sudadera ancha y los pantalones de chándal–. Mi compañera de piso pensó que me había ido a trabajar. Cuando regresé al apartamento, me la encontré con mi novio. En la cama.

Alessandro le tocó la mejilla.

–Lo siento.

Lilley levantó la vista, sorprendida ante un gesto tan repentino de empatía. Entreabrió los labios. Chispas de calor parecían brotar de los dedos de él y la recorrían por dentro, propagándose por su cuello, su espalda... De repente sintió que los pechos le pesaban mucho. Los pezones se le habían endurecido bajo el sujetador deportivo.

Él aguzó la mirada.

–Pero eres muy guapa.

¿Muy guapa?

Aquellas palabras fueron como una bofetada para Lilley. Se apartó bruscamente.

–No.

Él frunció el ceño.

–¿No qué?

Tanta crueldad le cortó el aliento. La joven parpadeó rápidamente y le fulminó con la mirada.

–Sé que no soy guapa. Pero no pasa nada. Sé que tampoco soy muy lista, pero puedo vivir con ello. Pero que venga alguien a decirme lo contrario... –apretó los puños–. No es que sea condescendiente, ¡es una burla!

Alessandro la miró con ojos serios, sin decir ni una palabra. Lilley respiró profundamente y se dio cuenta de que acababa de echarle un rapapolvo a su jefe.

Entrelazó las manos.

–Estoy despedida, ¿no?

Él no contestó.

Un escalofrío de angustia la recorrió por dentro. Las manos empezaron a temblarle sin ton ni son. Recogió una carpeta del suelo y agarró el carrito de metal.

–Terminaré mi trabajo y recogeré mis cosas.

Él la agarró del brazo y la hizo detenerse.

–¿Un piropo es una burla? –le dijo, mirándola fijamente. Sacudió la cabeza–. Eres una chica muy rara, Lilley Smith.

La manera en que la miraba... Por un instante, Lilley llegó a pensar... Pero no. Era imposible. Llamarla rara simplemente era su forma de decir que era un fracaso sin remedio.

–Eso me dice siempre mi padre.

–No estás despedida.

Ella levantó la vista hacia él con esperanza.

–¿No?

Él se inclinó adelante, le quitó la carpeta de las manos y la puso sobre el carrito.

–Tengo otra penalización en mente.

–¿La guillotina? –preguntó ella con un hilo de voz–. ¿La silla eléctrica?

–Venir conmigo al baile esta noche.

Lilley se quedó boquiabierta.

–¿Qué?

Aquellos ojos oscuros eran tan intensos como el chocolate derretido, tan ardientes como ascuas al rojo vivo.

–Quiero que seas mi acompañante.

Lilley se le quedó mirando con ojos incrédulos y el corazón desbocado. ¿Acaso estaba teniendo un extraño sueño? El príncipe Alessandro Caetani podía tener a las mujeres más bellas de todo el planeta, y ya había tenido a unas cuantas, según decían los periódicos sensacionalistas y las revistas de sociedad. Frunciendo el ceño, se dio la vuelta y miró detrás para asegurarse de que no se lo estaba diciendo a alguna bella estrella de cine o modelo de lencería que pasara por allí por casualidad.

–¿Y bien, *cara*? –le preguntó él, apremiándola–. ¿Qué me dices?

Lilley se volvió hacia él nuevamente. Se sentía casi mareada de tener tanta atención por parte de él. Estaba embriagada, consumida bajo aquella mirada abrasadora.

–No lo entiendo –dijo muy lentamente.

–¿Qué hay que entender?

Lilley se aclaró la garganta.

–No capto la broma.

–Yo nunca bromeo.

–¿No? Pues qué pena. Yo bromeo todo el tiempo –dijo ella–. Normalmente, sin darme cuenta.

Él ni siquiera sonrió. Se limitó a atravesarla con la mirada. Su rostro era impasible, tan hermoso...

–¿Está hablando en serio?

–Sí.

–Pero... Se trata del baile Preziosi di Caetani –dijo ella, casi tartamudeando–. Es el acontecimiento más importante de todo el verano. El alcalde asistirá. El gobernador. Los *paparazzi*.

–¿Y?

–Podría ir con cualquier mujer.

–Pero quiero ir contigo.

Aquellas cuatro palabras tan sencillas se agarraron

al corazón de Lilley como una planta enredadera. Entrelazó las manos para que no le temblaran tanto.

–Pero tiene novia. Lo he leído...

La expresión de Alessandro se endureció de repente.

–No.

–Pero Olivia Bianchi...

–No –repitió él.

Mordiéndose el labio inferior, Lilley le miró a los ojos. No le estaba diciendo toda la verdad, y el peligro que manaba de aquel cuerpo glorioso casi le abrasaba la piel. Si él llegaba a averiguar quién era ella en realidad, perdería su trabajo, o terminaría en los tribunales acusada de espionaje empresarial. Su instinto de supervivencia solo le decía una cosa...

«Corre...».

–Lo siento –dijo finalmente–. Pero no.

Los ojos de Alessandro se hicieron más grandes. Era evidente que se había llevado una gran sorpresa.

–¿Por qué?

Ella se mordió el labio.

–Mi trabajo...

–Dame una razón de verdad...

¿Una razón de verdad? ¿Decirle que era la hija de un hombre al que odiaba, y la prima de otro hombre al que odiaba mucho más? O también podía darle la mejor razón, la más grande de todas. Su fuerza, su poder y su extraordinaria belleza masculina la aterrorizaban. Conseguían que su corazón latiera sin control y la hacían temblar de los pies a la cabeza. Ningún hombre había ejercido semejante influjo sobre ella jamás, y no sabía qué hacer. Lo único que se le ocurría era echarse a correr.

–Mi novio... Mi exnovio... –atinó a decir, tartamudeando–. Estará esta noche en el baile con mi amiga, Nadia, así que no puedo ir.

–¿Él va a estar en el baile? –los ojos de Alessandro

aguzaron la expresión–. ¿Lo conozco yo? ¿Conozco a ese hombre que te ha hecho llorar?

–Trabaja en el departamento de diseño de joyas de Preziosi.

Los ojos de Alessandro brillaron.

–Razón de más para ir. Cuando te vea colgada del brazo de Alessandro Caetani, sabrá lo que ha perdido y te rogará que vuelvas con él. Puedes aceptarle de nuevo o deshacerte de él. Eso es cosa tuya. Además, la chica se morirá de envidia.

Ella le miró con ojos perplejos.

–Usted no tiene problemas de autoestima, ¿no?

Él le devolvió una mirada serena y firme.

–Ambos sabemos que lo que digo es verdad.

Lilley apretó los labios, reconociendo que él tenía razón. Si acudía al baile acompañada de Alessandro Caetani, sería la mujer más envidiada de toda la ciudad, y de toda California.

Era delicioso imaginarse a Nadia y a Jeremy a sus pies, implorando perdón. Todas aquellas noches que había tenido que trabajar hasta tarde... Le había pedido a su amiga que se lo explicara a Jeremy... Y finalmente la habían traicionado. Ya no le quedaban amigos en la ciudad. Ni uno.

Levantó la mirada hacia Alessandro.

–No soy buena bailarina.

Él la miró de arriba abajo lentamente.

–Me cuesta creerlo.

–De niña asistí a clases de baile de salón, y mi profesor me aconsejó que lo dejara. Bailaba como un pato mareado. Todos mis novios se quejaban constantemente porque les pisaba los pies.

La expresión de Alessandro cambió; se hizo más suave.

–Aunque fuera cierto... La culpa sería de tu acompañante, no tuya. Es cosa del hombre llevar a la mujer.

Ella tragó en seco.

–Eh... Yo... Nunca lo había pensado. Simplemente di por sentado que la culpa era mía.

–Pues hiciste mal –le dijo él, levantando una ceja–. Pero, solo por curiosidad, ¿cuántos han sido?

–¿Qué?

–Tus novios.

Lilley no podía decirle la verdad. No podía darle el número real. Levantó la barbilla y le habló con un falso desparpajo.

–Unos cuantos.

–¿Diez?

La joven sintió un intenso calor en las mejillas.

–Dos –le confesó–. Un novio en el instituto y... –sintió un nudo en la garganta–. Y Jeremy.

–Jeremy. ¿Así se llama? ¿El que te rompió el corazón?

–Me traicionó –bajó la vista–. Pero no es eso lo que me rompió el corazón.

Él esperó, pero ella no se explicó más.

–Entonces sal esta noche. Tus habilidades artísticas no importan mucho, porque apenas vamos a bailar.

Ella le miró y esbozó una sonrisa pícara.

–¿Tienes miedo de que te pise los pies?

–Pero si es el patrocinador del baile Preziosi di Caetani.

–Así se recaudan fondos para una organización benéfica y Caetani Worldwide recibe una publicidad estupenda –le dijo en un tono serio–. Eso es lo que me importa en realidad. Me da igual bailar.

–Ah –dijo Lilley, insegura. Se mordió el labio–. Ya entiendo.

Pero no lo entendía en absoluto. ¿Cómo era posible que un hombre como el príncipe Alessandro, el rompecorazones más deseado, pudiera patrocinar un baile sin bailar? No tenía ningún sentido.

Él trató de agarrarle la mano.

–Vamos. Tenemos que darnos prisa.

Ella se apartó. Tenía miedo de que él fuera a tocarla de nuevo. Tenía miedo del extraño influjo que él ejercía sobre ella. Tragó en seco.

–¿Por qué yo?

–¿Y por qué no?

Lilley apretó la mandíbula y cruzó los brazos.

–Usted es famoso por muchas cosas, príncipe Alessandro, pero no se le conoce precisamente por llevar a empleadas a bailes benéficos.

Él echó atrás la cabeza y se echó a reír. Se volvió, fue hacia el cuadro modernista que estaba detrás de su escritorio, lo hizo girar y descubrió una caja fuerte. Introdujo la combinación, abrió la puerta y sacó dos gemelos de platino y diamantes.

–Me interesas, Lilley Smith. Ni una mujer entre mil me hubiera preguntado por qué antes de decirme que sí.

–Supongo que soy un poco rara –le dijo ella, observándole mientras se ponía sus carísimos gemelos.

Sin poder evitarlo, se fijó en la fuerza de sus muñecas, en el movimiento sensual de sus manos... Él hizo una pausa.

–Me quedé sin acompañante para el baile hace diez minutos.

–¿La señorita Bianchi?

–Sí.

Lilley había visto muchas fotos de la heredera de Milán, rubia, delgada, preciosa... Todo lo que ella no era. Bajó la vista.

–Yo no soy como ella.

–Y por eso eres perfecta –dijo él con contundencia–. Olivia verá que no me gusta nada que me den un ultimátum. Necesito acompañante y acabo de encontrarte en mi despacho. Es el destino.

–El destino –susurró ella.

Él rodeó el escritorio. Su corpulento cuerpo arrojaba una sombra grande y oscura. La miró fijamente.

–Necesito acompañante. Tú necesitas vengarte. Ese Jeremy estará a tus pies antes de que termine la noche.

Lilley sintió un escalofrío por la espalda. Por mucho daño que le hubieran hecho, sabía que la venganza estaba mal. Además, estar tan cerca de Alessandro la asustaba. No se trataba solo de su trabajo. Él la hacía sentir tan... extraña.

–¿Por qué dudas tanto? –le preguntó él–. ¿Estás enamorada de él?

Ella sacudió la cabeza.

–Es que...

–¿Qué?

Tragando en seco, Lilley se apartó.

–Nada.

–Te he observado durante semanas. Siempre me esquivas.

Ella abrió la boca, sorprendida.

–¿Me ha visto?

Él asintió con la cabeza.

–Siempre te escabulles por el lado contrario cuando te cruzas conmigo en los pasillos. Esa clase de comportamiento en una mujer... Es bastante singular. Me confundía mucho. Pero ahora lo entiendo.

–¿Ah, sí?

Él le tocó la mejilla y la obligó a mirarle a los ojos.

–La mayoría de las mujeres a las que conozco habrían dejado a sus amantes y novios en un abrir y cerrar de ojos para estar conmigo. La lealtad es una cualidad que escasea. Ese hombre que te traicionó es un loco.

No podía discutírselo. Levantó la vista hacia él, embelesada.

Él bajó la mano.

–Pero no tienes nada que temer –le dijo sencillamente–. Nuestro romance solo será una ilusión. No te llamaré mañana. No te llamaré nunca. Después de esta noche, volverás a ser mi empleada, y yo seré tu jefe. Fingiré no haberte visto mientras tú te dedicas a esquivarme.

Lilley tragó con dificultad. Todavía sentía el rastro del tacto de sus dedos en la mejilla.

—Quiere decir que si voy al baile con usted esta noche... —susurró—. ¿Me ignorará mañana? ¿Me ignorará para siempre?

—Sí.

Lilley soltó el aliento. Tenía que hacerle olvidar su existencia. Era la única forma de asegurarse de que él no sintiera curiosidad de ahondar en las lagunas de su currículum vitae. Sin embargo, en lo más profundo de su corazón, sabía que esa no era la única razón.

«Siempre estás huyendo, Lilley».

Las palabras de Jeremy retumbaban en sus oídos.

«Me dijiste que viniste a San Francisco para poner un negocio de joyería y pasar tiempo conmigo. Sin embargo, desde que llegaste no has hecho ninguna de las dos cosas. O bien no me querías, ni a mí ni a tu negocio, o eres la persona más cobarde que he conocido».

Lilley cerró los ojos. Esa mañana, estaba demasiado enfadada como para atender a razones. Jeremy y Nadia la habían traicionado. Las cosas eran así de sencillas. Ella no había hecho nada malo...

Sin embargo, sentía unas ganas imperiosas de demostrarle a Jeremy que se equivocaba. Quería demostrarle que podía ser una de esas chicas glamurosas, liberales y valientes que llevaban vestidos llamativos, bailaban, se reían sin parar y bebían champán. Quería ser la princesa que iba del brazo de un caballero vestido con su reluciente armadura. Quería ser la chica que asistía a un baile acompañada de un príncipe.

No era una cobarde. No lo era. Podía ser tan valiente y despiadada como cualquier otro. Podía observar al príncipe Alessandro y aprender.

Lilley abrió los ojos.

–De acuerdo.

Él la miró.

–¿Lo entiendes, Lilley? –le preguntó en un tono sosegado–. No es una auténtica cita. Mañana no habrá nada entre nosotros. Absolutamente nada.

–Sí. Lo entiendo –le dijo ella–. El lunes volveré al departamento de archivos. Usted volverá a Roma, junto a la señorita Bianchi, después de enseñarle la lección. Yo seguiré trabajando para usted y usted no volverá a molestarme. Perfecto.

Él se la quedó mirando y entonces soltó una carcajada, sacudiendo la cabeza.

–No dejas de sorprenderme, Lilley –le dijo, agarrándola de la muñeca–. Vamos. No tenemos mucho tiempo.

La condujo fuera del despacho. Tratando de ignorar el violento temblor que le sacudía las rodillas, Lilley miró hacia atrás, hacia el carrito de archivos.

–Pero si no he terminado.

–No importa.

–¡No tengo vestido!

Él esbozó una sonrisa.

–Pronto lo tendrás.

Ella levantó la vista hacia él, molesta.

–¿Pero quién soy? ¿Cenicienta? ¿Es que vas a ser mi hada madrina? ¡No me vas a comprar un vestido! –gritó, olvidando el tratamiento de respeto que le había dado hasta ese momento.

Ya en el pasillo, él apretó el botón del ascensor y entonces la agarró de la mano.

–Claro que sí –le dijo, apartándole unos mechones de pelo de la cara–. Haré lo que me venga en gana, y te haré pasar una velada espléndida. Un traje precioso, que será la envidia de tus compañeras y una dulce venganza contra los que te han hecho daño. Será una noche muy... interesante.

Lilley respiró su aroma a sándalo; un aroma seductor, poderoso.

Sintió la palma de su mano sobre la suya, dura, caliente... Se le aceleró el pulso, haciéndola estremecerse.

—Muy bien. De acuerdo.

Los ojos de Alessandro resplandecieron en la penumbra del pasillo.

—¿Sí?

—Digo «sí» al vestido —se lamió los labios y le dedicó una sonrisa temblorosa—. Sí a todo, Su Alteza.

—Llámame Alessandro.

Se llevó su mano a los labios. Lilley sintió la suave presión de su boca, el calor de su aliento sobre la piel.

Contuvo la respiración. Una chispa de fuego corrió por su brazo y se propagó por todo su cuerpo, prendiéndole fuego por dentro al igual que una cerilla ardiente sobre un charco de gasolina.

—Las mujeres siempre lo hacen —apuntó finalmente.

Lilley se lamió los labios.

—¿Qué?

Él se puso erguido. Sus ojos oscuros parecieron derretirse con una sonrisa.

—Decir que sí —susurró—. A todo.

Capítulo 2

LA NIEBLA de la tarde se cernió sobre la ciudad. A Alessandro se le empapó el esmoquin nada más bajar de la limusina frente a la centenaria mansión de Nob Hill. Estaban en agosto, pero la niebla era densa y húmeda; una fría bofetada en la cara.

Él, no obstante, estaba agradecido por ello. Una bofetada fría era justo lo que necesitaba en ese momento. Los flashes de los reporteros se dispararon a su alrededor en cuanto los tacones de Lilley impactaron contra el suelo. De repente sintió el brazo de ella sobre el suyo. Sintió la presión de su mano sobre el antebrazo; el calor de su tacto sobre la chaqueta del esmoquin.

Estremeciéndose de deseo, él la miró un instante.

Se había fijado en aquella empleada discreta algunas semanas antes. Mejillas sonrosadas, pelo castaño, vestidos anchos, desangelados... No parecía tener más de veinte años, tan rozagante y sencilla... Después de ver cómo le esquivaba en un par de ocasiones cuando se la cruzaba en el pasillo, le había picado la curiosidad lo bastante como para pedirle a la señora Rutherford una copia del currículum de la chica. Sin embargo, no había descubierto nada en él. Se había ido a vivir a San Francisco en junio de ese año, y el trabajo en el departamento de archivos parecía ser su primer trabajo después de haber trabajado como gobernanta en un hotel de Minneapolis unos años antes. Todo en ella era insignificante, incluso su nombre. Pero eso ya no era cierto. Suspiró. Quería darle una lección a Olivia, demostrarle que podía reemplazarla con cualquiera, incluso aunque fuera una simple oficinista rellenita y anticuada, recién llegada del pueblo. Pero al parecer la broma se la habían gastado a él. ¿Cómo era que no se había fijado en Lilley Smith hasta ese día? ¿Anticuada? La estilista de una boutique de lujo le había puesto un vestido rojo ajustado con finísimos tirantes. Con la espalda al descubierto y un generoso escote, aquella prenda le abrazaba los pechos, tentando a un hombre sin cesar, engañándole con la ilusión de que en cualquier momento podría ver algo más... ¿Rellenita? El vestido mostraba las curvas que su ropa ancha habitual escondía; caderas anchas, una cintura estrecha... Tenía la figura femenina que volvía locos a los hombres, las curvas de Marilyn, que hacían que un hombre cayera rendido a sus pies. Con solo mirarla, Alessandro sintió las gotas de sudor en la frente.

¿Simple? Esa era la broma más grande de todas. Alessandro había visto la belleza de su rostro desnudo muy de cerca en su despacho. La había observado desde lejos durante semanas, pero hasta ese momento no había visto a Lilley Smith como realmente era ella.

Una belleza. Una seductora. Una bomba sexual.

Mientras avanzaban por la alfombra roja hacia la centenaria mansión Harts, los *paparazzi* se volvieron locos, lanzando preguntas a diestro y siniestro.

–¿Dónde está Olivia? ¿Ha habido una ruptura?

–¿Quién es ella?

–Sí. ¿Quién es esa morena tan sexy?

Alessandro les dedicó una media sonrisa y saludó con un gesto brusco de la mano. Estaba acostumbrado a que le siguieran y le fotografiaran en todas partes... Pero, mientras conducía a Lilley por la alfombra roja, se dio cuenta de que ella caminaba con reticencia. Bajó la vista hacia ella y notó que temblaba.

–¿Qué pasa? –le preguntó con un hilo de voz.

–Me están mirando –dijo ella en un tono bajo.

–Claro que te están mirando –Alessandro se volvió hacia ella y le apartó el pelo de los ojos–. Y yo también.

–Solo ayúdame a salir de esta –susurró ella.

Sus hermosos ojos marrones parecían más grandes y asustados que nunca. Sujetándole el brazo con más fuerza, la guió a lo largo de la alfombra roja, protegiéndola con su propio cuerpo de los fotógrafos más agresivos que se inclinaban sobre ellos. Ignorando las preguntas y gruñidos de frustración de los reporteros, siguió adelante. La hizo subir los peldaños de la entrada y la condujo hacia las enormes columnas del pórtico. Una vez entraron en la mansión, tras pasar el puesto de seguridad y acceder al rutilante recibidor, Lilley soltó el aliento. Sus luminosos ojos le miraron con gratitud.

–Gracias –le dijo, tragando con dificultad–. Eso no ha sido... divertido.

–¿No? –le dijo él en un tono ligero–. La mayoría de las mujeres piensa lo contrario. Lo ven como un extra por salir conmigo.

–Bueno, yo no –Lilley se estremeció. Se humedeció los labios, jugueteando con el bajo escote de su apretado vestido rojo–. Me siento como una idiota.

Una oleada de calor recorrió por dentro a Alessandro. Quería acariciarla en todos aquellos sitios que ella tocaba, quitarle la ropa del cuerpo y cubrir esos pechos increíbles con sus manos; mordisqueárselos, lamérselos... No. No. Tenía tres reglas. Ni empleadas, ni casadas, ni vírgenes. Había mujeres de sobra en el mundo, todas disponibles y dispuestas. No tenía por qué romper esas reglas de oro. Además, Lilley tenía el corazón roto y quería desquitarse. Demasiadas complicaciones. Demasiados riesgos. Lilley estaba fuera de su alcance, pero... De repente sintió un impulso irrefrenable.

–Parezco una idiota, ¿no?

Alessandro aguzó la mirada.

–Eres preciosa, Lilley.

Ella levantó la vista y frunció el ceño.

–Te dije que nunca me...

–Eres preciosa –repitió él en un tono brusco, agarrándola de la barbilla. Buscó su mirada–. Escúchame. Ya sabes la clase de hombre que soy, la clase de hombre que nunca llevaría a una empleada a una gala benéfica, según me dijiste tú. ¿Por qué iba a mentir? Eres preciosa.

La rabia desapareció de aquel hermoso rostro. De repente parecía confundida, inocente y tremendamente tímida. Él podía leer su expresión, los sentimientos que en ella se escondían. Y algo más... Pero tenía que ser una farsa. No podía ser otra cosa. Ella no podía ser tan joven e inocente.

–¿De verdad...? –Lilley se detuvo y se mordió el labio inferior–. ¿De verdad crees que soy guapa?

–¿Guapa? –le preguntó él, sorprendido. Le levantó la barbilla hacia la luz de la rutilante araña que colgaba del techo del vestíbulo–. Eres una belleza, ratita.

Ella le miró fijamente y entonces esbozó una media sonrisa.

–¿Es que no puedes llamarme Lilley, sin más?

–Lo siento –él sonrió–. Es la costumbre. Así te llamaba cuando estaba ciego.

Los ojos de Lilley brillaron. Una sonrisa le iluminó el rostro.

–Bueno, primero me dices que soy una belleza, y después me dices que estás ciego.

Su sonrisa fue tan sobrecogedora que se le clavó en el corazón.

–Tu belleza volvería loco a cualquier hombre, *cara* –le dijo en un susurro–. Te dije que serías la envidia de todas si aparecías en la fiesta conmigo. Pero estaba equivocado. Yo seré la envidia de todos esta noche.

Los ojos de Lilley se hicieron muy grandes de repente. Sus pestañas oscuras le acariciaron la piel.

–Uf. No se te da mal esto de halagar –dijo ella, esbozando una sonrisa pícara–. ¿No te lo han dicho nunca?

Aunque no quisiera, Alessandro no pudo evitar devolverle la sonrisa y cuando sus miradas se encontraron, un temblor sísmico lo recorrió por dentro. Sus ojos inocentes y sus curvas exuberantes desencadenaban un profundo impulso sexual que apelaba a lo más íntimo de su alma. ¿Alma? La palabra le arrancó una sonrisa... La lujuria podía jugarle malas pasadas a la mente de un hombre.

Y la deseaba tanto... Tanto...

Pero no podía hacer nada al respecto. No era un esclavo del deseo. Era un hombre adulto, director de una multinacional. Ya era hora de dejar las aventuras de una noche y sentar la cabeza. Olivia Bianchi era la princesa perfecta y cuando heredara el imperio de la moda de su padre, la presencia de Caetani Worldwide aumentaría exponencialmente en Europa. De hecho, había estado a punto de proponerle matrimonio, antes de que ella le hiciera esa pequeña encerrona.

Debería haberlo visto venir; el ultimátum de Olivia no debería haber sido una sorpresa para él. Iban en la limusina, de camino a la oficina, donde él había olvidado sus gemelos. Ella estaba tensa a su lado, oculta debajo de aquel abrigo de piel negro. Él hablaba por teléfono y, nada más terminar la llamada, ella se había vuelto hacia él con los ojos encendidos.

–¿Cuándo me vas a proponer matrimonio, Alessandro? –le había espetado en italiano y a toda velocidad–. ¿Cuándo? Estoy cansada de esperar a que te decidas. Haz oficial nuestro compromiso, o búscate otra para que te acompañe al acto benéfico.

Cinco minutos más tarde la había dejado en su lujoso hotel. Ninguna mujer, ni siquiera una tan poderosa y perfecta como Olivia, podría darle un ultimátum jamás.

De vuelta al presente, mientras guiaba a Lilley hacia la sala de fiestas de la mansión Harts, sentía un profundo alivio sabiendo que seguía siendo un hombre libre. La velada ya prometía ser la más divertida y sorprendente que había tenido en mucho tiempo.

Manteniendo cerca a Lilley, se detuvo en lo alto de la escalera y contempló el lujoso salón de fiestas. De repente se hizo el silencio. Todos los murmullos se desvanecieron. Cientos de invitados se volvieron hacia ellos. Alessandro sintió que Lilley se ponía tensa. No estaba acostumbrada a ser el centro de atención. Eso era seguro. Ella parecía esperar críticas, algo que él no podía comprender.

–No puedo decirte que eres preciosa porque me darías una bofetada –murmuró él–. Pero sé que cualquier hombre mataría por estar en mi lugar.

Ella levantó la vista hacia él y esbozó una sonrisa nerviosa.

–Muy bien –le dijo en un tono apagado, preparándose para lo que se le venía encima–. Vamos.

Alessandro la agarró de la cintura y bajó las escaleras. Los miembros de la junta directiva de la empresa, accionistas y muchos amigos los esperaban abajo. Después de saludarlos a todos, se abrió paso a través de la sala de fiestas, saludó al gobernador, a las estrellas de cine y a algunos miembros de la realeza. Los hombres sonrieron y le pidieron consejo para invertir en la Bolsa. Las mujeres flirteaban sin cesar y daban golpes de melena. Y todas miraban a Lilley boquiabiertas. Ninguno de los miembros de la plana mayor de Caetani Worldwide la reconocía. De eso Alessandro estaba seguro. Probablemente se hubieran cruzado con ella muchas veces por el pasillo, pero entonces debía de ser invisible para ellos.

Era una locura pensar que él había hecho lo mismo. Charlando con todos y cada uno de los invitados, Alessandro les dio las gracias por las generosas sumas donadas. Sentía cómo temblaba Lilley a su lado, como si quisiera escapar de allí. Le agarró la mano con firmeza y le dio un pequeño empujoncito en la espalda hacia delante. Incluso ese toque inocente resultó increíblemente erótico. Lo único que quería hacer era salir de allí y llevarse a Lilley a algún sitio tranquilo; a lo mejor a su casa de Sonoma, que tenía diez dormitorios.

–Su Alteza –le dijo la directora de la organización benéfica, mirándole a través de las gafas con ojos de sorpresa–. ¿Quiere decir unas palabras antes de empezar con la subasta de esta noche?

–Claro –repuso Alessandro. Agarró la mano de Lilley y fue hacia el escenario.

La multitud se abrió a su paso casi mágicamente. Él la sintió aterrorizarse. Le tiraba de la mano, intentando liberarse, pero él no la soltó hasta que no estuvieron en la parte de atrás del escenario.

–Gracias por ser mi acompañante esta noche –le dijo él con voz ronca. Se inclinó hacia delante para darle un beso en la mejilla y sintió cómo retumbaba la sangre en sus venas–. Disculpa –le pidió. Llevaba demasiado tiempo escondiendo sus sentimientos. Su voz era calma y sosegada. No traicionaba nada del maremágnum de emociones que rugía en su interior–. Solo será un momento.

–Claro –dijo ella.

Dejándola entre bambalinas, fue hacia el micrófono, situado en medio del escenario. Un silencio total se hizo en el salón. Alessandro esperó a la ovación entusiasta del público. Aferrándose al podio con ambas manos, dio su discurso, casi sin saber lo que estaba diciendo. Podía sentir a Lilley, observándole entre bambalinas. Los latidos de su corazón eran rápidos y su cuerpo vibraba con tanto deseo reprimido.

–... así que les doy las gracias, amigos míos –dijo, terminando por fin–. Beban champán, bailen y pujen.

¡Recuerden que todo el dinero que se recaude esta noche va destinado a ayudar a niños que lo necesitan!

La ovación que resonó en el salón fue incluso más fuerte que la anterior. Saludando con la mano, Alessandro abandonó el podio y se fue directamente hacia Lilley, que parecía acabar de volver a la realidad. En ese momento miraba el reloj con atención.

—Seis minutos —levantó la vista hacia él con una sonrisa—. Estoy impresionada. Normalmente, los discursos que dan hombres importantes suelen durar como una hora. Tú eres muy rápido.

Él le dedicó una sonrisa perezosa y entonces se inclinó hacia ella para susurrarle algo.

—Sé ir despacio cuando es importante —le dijo, y tuvo el privilegio de verla estremecerse.

Un destello brillante en el reloj de Lilley llamó su atención. Le agarró la muñeca.

—¿Qué es esto?

Ella trató de soltarse.

—Nada.

En ese momento la orquesta empezó a tocar un vals. Los invitados comenzaron a salir a la pista de baile.

—Es de platino. Diamantes. No reconozco la marca.

—Hainsbury —le dijo ella con un hilo de voz.

Hainsbury... La firma de joyería que había lanzado una opa hostil contra Caetani Worldwide recientemente, y había fallado. Esos aprovechados solo querían adquirir el caché de Caetani Worldwide y su marca de joyas de lujo, Preziosi di Caetani. Alessandro aguzó la mirada.

—¿Quién te lo ha dado?

Ella tragó en seco.

—Mi madre.

Era perfectamente posible que alguien del medio oeste pudiera tener un reloj Hainsbury. Solo era una coincidencia, nada más. Su guerra interminable con el conde de Castelnau, su rival más feroz, le estaba volviendo un poco paranoico. Miró a Lilley a la cara. Claramente estaba perdiendo la cabeza. ¿Cómo podía sospechar de una chica como ella?

–Muy bonito –le dijo en un tono casual, soltándole la muñeca–. No lo hubiera reconocido nunca. No parece en absoluto como esa basura hecha en fábricas.

Apartando la vista, Lilley se tapó el reloj con la mano. Su voz sonaba insegura.

–Mi madre me lo hizo por encargo.

Alessandro pensó que la había avergonzado. Llamando la atención sobre su reloj de Hainsbury en una gala patrocinada por Preziosi di Caetani, una firma mucho más prestigiosa.

–Sea quien sea quien lo haya hecho, tu reloj es sin duda exquisito –le sonrió y cambió de tema–. ¿Ya has tenido suficiente baile por esta noche? ¿Nos vamos?

–¿Irnos? –ella entreabrió los labios–. ¡Pero si acabamos de llegar!

–¿Y? –le preguntó él con impaciencia.

Ella miró con ansiedad hacia la pista de baile.

–La gente te espera para hablar contigo.

–Ya tienen mi dinero.

–No se trata solo de dinero. Claramente quieren conversar contigo. Quieren un poco de tu atención y de tu tiempo –le dijo ella, esbozando una sonrisa pícara–. Aunque solo Dios sabe por qué. Yo todavía no te veo el encanto por ningún sitio.

Él le dedicó su sonrisa más sensual.

–¿Quieres que me esfuerce un poco más?

Ella abrió mucho los ojos y él la oyó tomar aire.

–Esto no se me da bien.

–Al contrario.

Ella sacudió la cabeza.

–Olvídalo. No trates de cautivarme, ¿de acuerdo? No tiene sentido y podría... Quiero decir que... Este ha sido un arreglo de conveniencia para los dos. Dejémoslo ahí.

La mirada de Alessandro cayó sobre sus labios temblorosos.

–Muy bien. Estás aquí para vengarte. Todavía no lo has visto, ¿no?

–No –dijo ella, bajando la voz.

–Caerá rendido a tus pies en cuanto te vea –le ·dijo él.

Agarrándola de la mano, la hizo bajar del escenario y la condujo a través de la pista de baile, abriéndose camino entre las parejas que bailaban y reían. En otra época él hubiera sido de los primeros en ponerse a bailar. Hubiera estrechado a Lilley entre sus brazos y la hubiera hecho moverse al ritmo de la música. Pero ya llevaba dieciséis años sin bailar. Siguió cruzando la pista de baile sin detenerse ni un momento.

De pronto, Lilley se puso tensa.

–Jeremy –susurró.

Alessandro tardó unos segundos en entender lo que ella acababa de decir. Y entonces sintió que ardía por dentro. Sentía mucha envidia de ese empleado del departamento de joyería; ese hombre que la había tenido en sus brazos y la había dejado marchar.

–Discúlpennos –le dijo a la gente que estaba a su alrededor. Se llevó a Lilley a un rincón tranquilo junto a una ventana.

–¿Dónde está? –le preguntó, manteniendo el rostro impasible.

–Allí mismo.

Él siguió su mirada. Aguzó la vista, pero no hubo nadie que le llamara la atención. Se sentía ansioso, celoso... No. Imposible. Los celos eran para los débiles, para los hombres tristes y vulnerables que servían sus corazones en bandejas de plata.

–*Va bene* –masculló–. Si todavía quieres a ese idiota, ese imbécil sin sentido de la fidelidad, entonces te ayudaré a recuperarle.

Lilley sonrió.

–Eh, me sorprende tanta amabilidad.

–Solo dime una cosa.

–¿Qué?

Él deslizó la mano a lo largo de sus hombros y le acarició la piel desnuda de la espalda. Vio que abría mucho los ojos, la sintió temblar y entonces tuvo que reprimir las ganas de tirar de ella y apretarse contra su exquisito cuerpo.

–¿Por qué ibas a querer que volviera después de todo el daño que te ha hecho?

La sonrisa de Lilley se desvaneció. Respiró hondo y levantó la muñeca izquierda.

–Mira esto.

¿Cambio de tema? Alessandro miró el brazalete que llevaba. Ya se había fijado antes en él. Era un pastiche de materiales soldados, cristales de colores sobre una cadena de latón, con números de metal oxidado intercalados y sujetos por un cierre antiguo.

–¿Qué pasa con eso?

–Lo hice yo.

Le agarró la muñeca y miró el brazalete fijamente, tratando de darle sentido. Señaló el número metálico que colgaba de la cadena.

–¿Qué es eso?

–Un número de habitación de un hotel de París del siglo XVIII.

A Alessandro le parecía muy raro. Aquello era una mezcolanza de baratijas.

–¿Y de dónde has sacado esos materiales?

–De mercadillos y tiendas *vintage*, sobre todo. Hago bisutería con cosas antiguas que encuentro –le dijo, tragando con dificultad–. Conocí a Jeremy en una feria en San Francisco hace unos meses. Mi jefe creía que yo me iba a visitar a mi familia. A Jeremy le encantaba mi bisutería. Decidimos hacernos socios y abrir una tienda juntos. Él se iba a ocupar de toda la parte financiera. Y yo iba a crear las piezas –Lilley parpadeó deprisa y apartó la vista–. Cuando se acostó con mi compañera de piso, se acabó el sueño.

Alessandro pudo ver que sus ojos estaban llenos de lágrimas. El corazón le dio un pequeño vuelco.

–Ese hombre es un tonto –le dijo, intentando ofrecerle consuelo–. Tal vez sea mejor así. Llevar un negocio conlleva un gran riesgo. Podrías haber perdido toda tu inversión. La gente no quiere baratijas antiguas. Quieren joyas relucientes y nuevas.

A Lilley le temblaron los labios. Levantó la vista y sonrió. Sus ojos estaban velados.

–Bueno, supongo que me quedaré con las ganas de saber si habría funcionado.

La orquesta empezó a tocar una nueva canción, y las notas de un exquisito vals clásico florecieron a su alrededor como las plantas en primavera. Lilley miraba hacia la abarrotada pista de baile con gesto triste. Le había dicho que no bailaba bien, pero él no se lo había creído ni por un instante. Había visto cómo se movía. Incluso cuando andaba, su cuerpo se mecía como el sol del crepúsculo sobre las olas del mar. Pero no podía bailar con ella. Apretó las manos a ambos lados. Era incapaz de ofrecerle ese placer. A menos que le hiciera el amor...

–Siento no bailar –le dijo.

Ella bajó la vista.

–No pasa nada.

El aroma de su cabello era como el de las rosas silvestres. Alessandro se acercó un poco, fascinado por la elegancia de su cuello, la delicadeza de su barbilla.

Sus mejillas se sonrojaron levemente.

–¿Cuántos años tienes, Lilley? –le preguntó de repente.

–Tengo veintitrés años –dijo ella, frunciendo el ceño–. ¿Por qué? ¿Cuántos tienes tú?

–Muchos más que tú. Treinta y cinco.

–Treinta y cinco, ¿y todavía no te has casado? –exclamó ella, sorprendida–. En el lugar de donde yo vengo, la mayoría de la gente se casa antes de los treinta.

–Supongo que es mejor así para la vida en la granja.

Ella arrugó el entrecejo.

–No vengo exactamente de...

–En mi mundo... Un hombre se casa para asegurar su estirpe, para tener un hijo que herede el título y el patrimonio a su muerte.

Ella sonrió.

–Vaya, así suena muy romántico.

–No se trata de romance, Lilley –le dijo él en un tono cortante–. El matrimonio es una alianza. Mi esposa será una líder en la sociedad. Una heredera con el linaje apropiado, la futura madre de mi heredero.

La sonrisa de Lilley se desvaneció.

–Alguien como Olivia Bianchi.

Con solo oír el nombre, se ponía tenso.

–Sí.

Los ojos de Lilley parecían enormes bajo la resplandeciente luz de las arañas.

–Entonces, si ella es la novia perfecta, ¿por qué estoy yo aquí?

–Me amenazó con marcharse si no le proponía matrimonio, así que le dije que se fuera.

Lilley parpadeó.

–Lo siento por ella.

Él soltó una carcajada.

–No malgastes tu solidaridad con Olivia. Sabe cuidarse muy bien.

–¡Está enamorada de ti! –tragó con dificultad–. No tendría que haber accedido a esta... farsa... Cuando lo único que quieres es manipularla.

–No quiero volver a ver a Olivia.

Ella frunció el ceño. No estaba muy convencida.

–¿Y cuándo decidiste eso?

Alessandro la miró a los ojos.

–Lo supe en el momento en que te vi con ese vestido.

Lilley se quedó boquiabierta. Tardó unos segundos en volver a hablar.

–Eh, ¿me traes algo de beber? –le dijo con la voz ronca–. ¿Algo de comer? No he comido nada en todo el día.

–*Certamente* –murmuró él–. ¿Qué quieres? ¿Un Martini? ¿Un Merlot?

–Elige tú.

–Empezaremos con una copa de champán –le acarició la mejilla brevemente–. Espera aquí, *cara.*

La sintió estremecerse bajo las yemas de los dedos.

–Espero –le dijo ella, humedeciéndose los labios.

Él dio media vuelta y echó a andar, pero, unos pasos después, no pudo resistir la tentación de volverse un instante. Lilley seguía parada al borde de la pista de baile como una estatua, gloriosamente seductora con aquel vestido, observándole. Estaba rodeada de hombres que ya empezaban a mirarla de reojo.

Alessandro frunció el ceño. Tendría que darse prisa.

Mientras avanzaba por la sala de fiestas, no pudo evitar preguntarse cuándo había sido la última vez que había sentido una necesidad tan imperiosa de hacer suya a una mujer.

Y podía hacerla suya. Ella era libre y estaba a su disposición. Sí. Era su empleada, pero era él quien había puesto esa regla. Él era el jefe. Podía romper sus propias reglas cuando quisiera.

Pensó en los diez dormitorios de su mansión. De repente tuvo una visión de ella, desnuda en la cama, sonriendo con sensualidad, mirándole con ojos de lujuria y deseo. Alessandro casi se tropezó...

Y así, sin más, la decisión fue tomada. Una oleada

de energía le recorrió por dentro. Fuera su empleada o no, Lilley tenía que ser suya.

Esa noche.

La tendría en su cama esa misma noche.

Capítulo 3

LILLEY se sintió observada por muchos hombres al borde de la pista de baile. Las mujeres, sofisticadas y escuálidas, la fulminaban con miradas sombrías. Respiró hondo y trató de controlar el temblor de las manos. La cabeza de Alessandro sobresalía por encima de las del resto. Iba hacia la barra, seguido por las miradas de sus adoradoras. Y ella se estaba convirtiendo en una de ellas. Soltó el aliento. ¿Qué estaba haciendo?

«No quiero volver a ver a Olivia... Lo supe en el momento en que te vi con ese vestido», le había dicho él.

Una corriente eléctrica la recorrió por dentro al recordar ese momento.

–¿Lilley?

Jeremy estaba justo delante de ella, boquiabierto, contemplando su magnífico vestido rojo. Se quitó las gafas de pasta negra que llevaba puestas.

–¿Qué estás haciendo aquí?

–Ah. Hola, Jeremy –dijo Lilley con un hilo de voz. Se lamió los labios y miró hacia la mujer morena que estaba justo detrás de él–. Hola, Nadia.

La cara de su compañera de piso era todo un poema. Era como si estuviera a punto de echarse a llorar.

–Lo siento mucho, Lilley –dijo, casi atragantándose con las palabras–. Nunca quisimos hacerte daño. Nunca...

–Deja de disculparte –le dijo Jeremy. Su prominente nuez subía y bajaba por encima de la pajarita–. Te lo hubiéramos dicho muchos días antes... –añadió, fulmi-

nando a Lilley con la mirada–. Si nos hubieras dejado.
Pero no hacías más que evitarnos. Me evitabas.

Lilley se quedó boquiabierta.

–¡Eso es ridículo!

–Me hubiera gustado que hubieras tenido las suficientes agallas desde el principio para decirme que no
me querías, en lugar de dejarme en manos de Nadia,
como si fuera un bulto del que tenías que deshacerte.
¿Y ahora te sorprende que haya surgido algo? ¡Pero si
nunca estabas ahí para mí!

Lilley sacudió la cabeza con firmeza.

–Solo estás inventando excusas. ¡Sabes que tenía
que trabajar! ¡Toda la culpa es tuya!

Él la miró a los ojos.

–¿Mía? –la miró de arriba abajo–. Para mí nunca te
vestiste así. Claramente estás aquí con alguno que sí te
importa de verdad. ¿Quién es, Lilley?

Lilley pensó que ya era hora de dejar caer la bomba;
ya era hora de ejecutar la dulce venganza. En cuanto les
dijera que su acompañante era el príncipe Alessandro,
se quedarían de piedra, muertos de envidia. Lilley abrió
la boca.

Y entonces vio que Jeremy agarraba a Nadia de la
cintura. Era un gesto protector; uno al que ella siempre
se había resistido cada vez que Jeremy se acercaba un
poco. Lo cierto era que, después de aquel divertido fin
de semana en la feria, la relación entre ellos siempre había sido tensa. Había dejado su trabajo en Francia y se
había ido a vivir a San Francisco para empezar una
nueva vida, pero no había hecho nada para seguir sus
sueños. Cuando Jeremy trataba de besarla, ella se ale-
jaba. Evitaba a toda costa estar cerca de él, y siempre
buscaba excusas para quedarse un poco más de tiempo
en el trabajo. Retrospectivamente, Lilley tampoco podía
culparle por querer estar con Nadia, una chica que sí tenía tiempo para él y que deseaba sus besos y caricias.

–¿Con quién has venido, Lilley? –dijo Nadia, casi entre lágrimas–. ¿Has conocido a alguien?

Jeremy la había engañado, pero ella le había abandonado y rechazado durante meses. A lo mejor Nadia había cargado con ese peso después de todo... Muchas veces le había pedido que inventara alguna excusa para Jeremy antes de irse al trabajo a toda prisa. Ellos habían cometido un error. Pero la cobarde había sido ella de principio a fin. Temblando, les hizo frente.

–Estoy aquí con... –tragó en seco y entonces levantó la barbilla–. Un amigo. Estoy aquí con un nuevo amigo –se volvió hacia Jeremy–. Y tú tenías razón –le dijo–. Nunca estuve ahí. No para ti. Ni tampoco para nuestro negocio. Tenía muchos sueños, pero tenía miedo de ponerlos en práctica. Lo... lo siento.

Jeremy parpadeó y la rabia que brillaba en sus ojos se desvaneció.

–Yo también lo siento –le dijo–. Eres una buena persona, Lilley, dulce y generosa. No te merecías enterarte de lo mío con Nadia de esa manera –esbozó una sonrisa incómoda–. Siempre me gustaste. Pero cuando te trasladaste a San Francisco, simplemente... desapareciste.

–Lo sé –dijo Lilley. Le picaba la garganta.

Cada vez que Jeremy conseguía una cita importante, con un banco, con un posible inversor, ella tenía que estar en otro sitio. Se había escudado en el trabajo; sus miedos habían ganado.

–Lo siento.

–¿Me perdonas, Lilley? –le susurró Nadia.

Lilley trató de sonreír.

–Si me lavas los platos durante lo que queda de mes...

–Hecho. Dos meses. ¡Tres!

–Y siento que lo de la tienda no haya salido bien –dijo Jeremy, frotándose la nuca con gesto avergonzado–. Sigo pensando que tus diseños son fantásticos.

Todavía no estás preparada para dar el paso, pero a lo mejor algún día...

—Sí —dijo ella, con un nudo en la garganta, sabiendo que era mentira—. Algún día.

Nadia estaba llorando a lágrima viva. Se inclinó hacia adelante y abrazó a Lilley.

—Gracias —le susurró.

Un momento después, ambos desaparecieron entre la multitud. Y entonces oyó una risa sarcástica e incisiva a sus espaldas.

—No les has dicho nada de mí.

Lilley se dio la vuelta.

—Alessandro.

—Estaba esperando a ver tu venganza —le ofreció una copa de champán—. ¿Por qué no les has dicho nada?

—Porque Jeremy tenía razón. Yo nunca le quise. Realmente no —le quitó la copa de champán de las manos—. Si no tengo suficientes agallas para seguir mis sueños, entonces no debería enfadarme con los demás.

—Podrías haberles hecho sufrir —los ojos de Alessandro parecían llenos de confusión—. No lo entiendo.

—Bueno, ya somos dos —susurró ella y bebió un buen sorbo de champán.

Las burbujas fueron un golpe de frío contra sus labios. Echó atrás la cabeza y se lo bebió de un trago. Cerró los ojos y esperó a que el alcohol se le subiera a la cabeza. Tenía que olvidar ese miedo al fracaso que tanto daño le había hecho.

¿Qué sentido tenía evitar el riesgo, si al final terminaba perdiéndolo todo de todas formas?

—Estás llorando —le dijo Alessandro de repente. Parecía realmente preocupado.

Ella soltó el aliento. Se frotó los ojos.

—No.

—Vi cómo te miraba. Todavía podría ser tuyo si quisieras.

Lilley recordó la cara de Nadia, el gesto protector de Jeremy... Recordó que jamás había sentido ni la más mínima atracción física por él; algo de lo que no se había dado cuenta hasta la descarga eléctrica que había experimentado al conocer a Alessandro.

Sacudió la cabeza.

—Les deseo lo mejor.

—Dios, sí que eres buena chica —susurró él, quitándole mechones de pelo de la cara—. ¿Cómo es que eres tan misericordiosa?

Un inesperado relámpago de dolor la atravesó de arriba abajo. Otro hombre que la llamaba «buena chica». Eso era más o menos lo mismo que llamarla «tímida».

Parpadeando rápidamente, se miró el vestido tan provocador que llevaba puesto, los tacones de diez centímetros.

—¿Crees que soy una cobarde? —le susurró.

—¿De qué estás hablando? —le quitó la copa vacía y le puso la suya, todavía llena, en la mano—. Toma. Bébete esto.

Ella levantó la vista. Sus ojos estaban llenos de lágrimas.

—No debería haber dicho eso en voz alta. Debes de creer que...

—No creo nada —la mirada de Alessandro le llegó al alma—. Nunca te disculpes por decirme lo que piensas. No puedes hacerme daño. No hay nada entre nosotros, así que no te arriesgas a nada.

Ella parpadeó rápidamente, nerviosa.

—Ahora eres tú el que está siendo buen chico.

Él resopló y entonces sacudió la cabeza. Una sonrisa juguetona asomaba en sus labios.

—Nunca me han acusado de eso antes. Y ahora bebe.

Obedientemente, Lilley bebió un sorbo.

—Delicioso, ¿no? Acabo de comprarle los viñedos a

un brasileño. Me costó una fortuna –sonrió–. Pero me siento muy feliz porque sé que mi peor enemigo se muere de rabia.

Lilley abrió mucho los ojos y dejó de beber bruscamente.

–No serán los viñedos de San Rafael.

–Ah, los conoces –él sonrió satisfecho–. Pertenecían al conde de Castelnau. Ahora son míos.

–No me digas –Lilley empezó a sentirse mareada de pronto.

Su primo Théo se había puesto furioso cuando un brasileño les había arrebatado el negocio. Ella lo recordaba muy bien. No se había dado cuenta de su valor hasta perderlo. Típico... A la gente siempre se le daba mejor ansiar cosas que no tenían en vez de disfrutar de lo que ya tenían. Pero los dos hombres llevaban más de cinco años siendo feroces rivales en los negocios, desde que Théo había adquirido una firma de lujo italiana que Alessandro consideraba suya por emplazamiento geográfico. Si alguna vez llegaba a averiguar que era la prima de Théo, sin duda pensaría que era una espía corporativa, sobre todo después de haberla sorprendido en su despacho, a oscuras. Le temblaron las rodillas. Él la sujetó.

–¿Te encuentras bien? –le preguntó Alessandro, preocupado–. ¿Te has bebido el champán demasiado deprisa?

Ella levantó la vista. Había dejado el nombre de su padre y el de su primo fuera de su currículum a propósito, sabiendo que Caetani Worldwide jamás la hubiera contratado de haberlo sabido, por mucho que Jeremy la hubiera recomendado. Pero decirle la verdad a Alessandro no era una buena opción. Así no conseguiría nada y probablemente perdería su trabajo. Tendría que volver a casa con su padre y a lo mejor se veía abocada a casarse con el hombre que su padre quería para ella, un empleado que le doblaba la edad.

–¿Lilley?

–Necesito comer algo –le dijo ella–. No he comido nada en todo el día –le ofreció una débil sonrisa–. Y he corrido casi un kilómetro.

–Claro.

Le quitó la copa a medio terminar de las manos y sonrió.

–He preparado una cena privada. Mi chófer nos ha llevado una selección de platos del bufé a la limusina. Disfrutaremos de un pequeño picnic de camino a casa.

–¿Un picnic? ¿En tu limusina? –repitió ella. Sacudió la cabeza. De repente se sentía mareada, pero no tenía nada que ver con el champán. Suspirando, miró atrás, hacia el lujoso salón de fiestas–. Muy bien. Es que no esperaba que todo terminara tan pronto.

–Lo bueno siempre se acaba –le dijo él, ofreciéndole la mano.

No sin reticencia, ella la aceptó. Él la condujo a través del salón, deteniéndose unas cuantas veces por el camino para despedirse de conocidos y admiradores. Al fin escaparon por las escaleras, atravesaron el vestíbulo y salieron al exterior.

La noche se presentaba fría y neblinosa.

–Debe de ser medianoche –murmuró ella.

–Casi. ¿Cómo lo sabías?

–Porque llevo toda la noche sintiéndome como Cenicienta.

Levantó la vista. En sus ojos había auténtica gratitud.

–Muchas gracias por hacerme pasar la mejor noche de mi vida.

Él parpadeó y entonces frunció el ceño. De repente la acorraló contra la enorme columna de piedra blanca. Lilley se estremeció al sentir la fría superficie contra la espalda.

–Creo que no lo entiendes –le dijo él en voz baja–.

No voy a llevarte a tu casa –hizo una pausa–. Voy a llevarte a la mía.

Ella le miró aterrorizada. Solo oía su propia respiración entrecortada y los locos latidos de su corazón.

–Eres mi empleada. Hay unas reglas –los ojos de Alessandro estaban llenos de calor y deseo. Los rayos de luna teñían de plata su cabello oscuro en la penumbra–. Pero voy a romperlas –le susurró–. Voy a besarte.

Lilley levantó la vista. Era como si se hubiera perdido en un sueño extraño. Mechones de pelo le caían sobre la cara. El tejido de su vestido se movía grácilmente contra sus muslos.

–Llevo toda la noche pensando en tocarte.

Deslizó las manos por sus hombros hasta llegar a su espalda desnuda. Bajó la cabeza y le rozó la oreja con los labios.

–Si quieres que pare, dímelo ahora.

Ella cerró los ojos y sintió el calor de sus dedos acariciándole la piel desnuda. Se estremeció, entreabrió los labios. Estaban solos en aquel mundo neblinoso, bañado en plata.

Y entonces oyó a los *paparazzi*, ladrando como perritos desde la acera, haciéndoles preguntas que se llevaba una repentina ráfaga de viento frío. Él se apartó de ella bruscamente. La luz de la luna acarició los ángulos más duros de su bello rostro. Parecía un ángel vengador, siniestro. La agarró de la muñeca.

–Vamos.

La hizo bajar los escalones de piedra. Se alejaron del revuelo y de los flashes de las cámaras. Los reporteros les lanzaban preguntas a gritos y trataban de acercarse a Lilley a su paso. Alessandro los echó a un lado con su brazo poderoso. La hizo entrar en la limusina, subió al vehículo y cerró la puerta bruscamente.

–Arranca –le dijo al chófer.

El conductor uniformado aceleró y salió a toda pas-

tilla, lanzándose cuesta abajo por una empinada calle
de San Francisco. Lilley suspiró, mirando por la ventanilla.

—¿Siempre son así?

—Sí. Vete por los callejones –dijo Alessandro–. Por
si nos siguen.

—Claro, señor. ¿Al ático?

—A Sonoma –dijo Alessandro, cerrando la persiana
que separaba el habitáculo del conductor del resto de la
limusina.

—¿Sonoma?

Él se volvió hacia ella con una sonrisa sensual y
adormilada.

—Tengo una casa de campo. Tendremos toda la pri-
vacidad del mundo.

Lilley tragó en seco. Todo estaba ocurriendo demasiado deprisa.

—No sé...

Él esbozó una sonrisa pícara.

—Juro que te devolveré sana y salva al trabajo el lunes.

Trabajo... Como si fuera eso lo que le preocupaba...
Soltando el aliento, Lilley se fijó en dos platos llenos
de deliciosa comida y en una botella de vino blanco que
se enfriaba en una cubeta con hielo. Cuando la persiana
se cerró del todo, miró a Alessandro con gesto nervioso.
Llevaba horas sin comer nada, pero de repente la cena
era la última cosa que tenía en mente.

Sonriendo, él le puso la mano en la mejilla. Ella podía ver rayos de plata reflejados en sus insondables ojos
negros.

—Yo pensaba que una mujer como tú solo existía en
los sueños.

Lilley se puso tensa.

—¿Quieres decir una buena chica como yo? –sintió
un nudo en la garganta–. ¿Dulce?

Él soltó una carcajada.

–No sé por qué conviertes todos mis piropos en un insulto. Pero sí... Eres todas esas cosas –deslizó la mano por su cuello, le acarició el rincón más sensible del hombro, la hendidura del omoplato–. Pero no es por eso por lo que quiero llevarte a casa.

–¿No?

–Te quiero en mi cama.

Le acarició el labio inferior. Chispas de pasión surgieron entre ellos y la recorrieron de arriba abajo.

–Nunca he deseado tanto a una mujer. Quiero probar tu boca. Tus pechos. Sentir tu cuerpo contra el mío y hacerte gozar. No pararé hasta estar satisfecho –le acarició la mejilla, le sujetó la barbilla y le susurró al oído–. Hasta que estés satisfecha.

Ella se estremeció; casi no podía respirar. Su boca estaba a escasos centímetros de la de ella. Sentía el labio inferior muy hinchado, ardiendo allí donde él la había tocado. De forma inconsciente, echó atrás la cabeza y se acercó a él un poco más. Él deslizó una mano a lo largo de su cuello, más allá de su hombro desnudo.

–Te ofrezco una noche de placer. Nada más –le acarició todo el brazo hasta llegar a la muñeca, donde su pulso frenético palpitaba sin ton ni son–. Y nada menos.

Lilley sentía que el corazón le iba a estallar. Tenía que negarse. Tenía que hacerlo. No podía irse a su mansión de Sonoma y entregarle su virginidad al príncipe Alessandro Caetani. Había un millón de razones por las que aquello era una mala idea.

Pero su cuerpo se resistía a hacerle caso a su cabeza. Se sentía como si estuviera fuera de control; anhelaba su oscuridad, su fuego...

–Una mujer tendría que estar loca... –susurró– para enredarse con un hombre como tú.

Un atisbo de sonrisa se dibujó en la inflexible boca de Alessandro. La agarró de las mejillas.

–Todos debemos elegir en la vida –le dijo él, buscando su mirada–. La seguridad de una prisión, o el terrible placer que entraña la libertad.

Ella le miró a los ojos, sorprendida. Él parecía conocer sus deseos más íntimos. Como a cámara lenta, él se acercó más y más, susurrante.

–Vive peligrosamente.

Ella cerró los ojos.

El beso fue como una descarga de adrenalina, una llamarada fulminante. Ella sintió la textura satinada de sus labios ardientes, la dureza de su barbilla... El calor de su lengua fue como seda líquida dentro de la boca. Chispas de placer la recorrieron de arriba abajo, tensándole los pezones, desencadenando un cosquilleo en su vientre. Cuando él se apartó, le oyó suspirar... ¿O acaso fue ella misma? Parpadeó, sintiéndose mareada. Casi podía ver un rastro de rutilantes diamantes que brillaban sobre su piel allí donde él la había tocado. Era pura sinestesia.

El príncipe Alessandro Caetani hubiera podido tener a cualquier mujer. Y la quería a ella. De pronto la acorraló contra el asiento de cuero. Ella sintió el peso de su cuerpo sobre el suyo. Sintió sus manos sobre la piel. De repente, ya no se sentía como una «ratita» cobarde.

Se sentía hermosa. Poderosa. Temeraria. En sus brazos, no tenía miedo de nada. Ni de nadie.

Cerró los ojos, echó atrás la cabeza y dejó que él la besara en el cuello con su boca sensual y ardiente.

–Nadie me ha hecho sentir así nunca –le dijo ella–. Nadie me ha tocado así.

–Yo... –de repente él se detuvo y levantó la cabeza–. Pero has estado con otros hombres –le dijo–. Por lo menos dos.

Ella abrió los ojos. Tragó en seco.

–No... exactamente.

–¿Con cuántos hombres has estado?

–Técnicamente, con... ninguno.

Él se incorporó y la miró con ojos de asombro.

–¿Me estás diciendo que eres virgen?

Ella se incorporó también.

–¿Es un problema?

Él la fulminó con la mirada. Apretó un botón y la persiana subió.

–¿Señor? –dijo el conductor con educación, sin volver la cabeza.

–Cambio de planes –dijo Alessandro–. Llevamos a casa a la señorita Smith.

–¿Qué? –exclamó Lilley. Le ardían las mejillas–. ¿Por qué? Eso... –miró hacia el conductor–. ¡No tiene importancia!

Alessandro se volvió hacia ella con una mirada de hielo.

–Dale a Abbott tu dirección.

Cruzándose de brazos, Lilley masculló la dirección de su apartamento. El chófer asintió y se dirigió a la izquierda en el siguiente semáforo. Mientras se abrían paso entre el tráfico de la ciudad, Alessandro no volvió a mirarla ni un instante. Molesta, ella agarró un plato de comida. La cena estaba deliciosa, pero fría. Cuando llegaron por fin a su vecindario de clase obrera, el plato ya estaba vacío. Estaba claro que él no tenía pensado volver a besarla. ¿Besarla? Ni siquiera había vuelto a mirarla a la cara. El corazón se le salía por la boca.

–Estás haciendo una montaña de un grano de arena. No es para tanto.

Alessandro la miró. Las luces de la ciudad se reflejaban en un incesante desfile de claroscuros sobre su rostro anguloso.

–Para mí sí lo es.

Tras mirar al conductor, se inclinó hacia Alessandro.

–Solo porque tenga menos experiencia que tus otras amantes...

–¿No te das cuenta de lo que te estaba ofreciendo? –le espetó él en un tono brusco–. Una noche. Quizá dos. Nada más.

–¡Y yo no quería otra cosa!

–Nunca iré a tu casa a conocer a tus padres, Lilley. No me voy a casar contigo –le dijo. Había furia en sus ojos–. No voy a quererte.

Un relámpago de dolor la atravesó por dentro.

–¿Y quién ha dicho que yo esté buscando amor? –le preguntó en un tono desafiante, levantando la barbilla.

–Las vírgenes siempre buscan eso –le dijo, mirándola de arriba abajo–. No seas tonta, Lilley.

Tonta...

Alessandro se dedicó a mirar por la ventanilla. Su rostro parecía de piedra. Su lenguaje corporal no dejaba lugar a dudas: aquellas habían sido sus últimas palabras. La decisión estaba tomada.

La limusina se detuvo delante del edificio. El conductor se bajó y le abrió la puerta. El frío viento de la noche se coló en el habitáculo del vehículo, calmando el ardor de su piel.

–Buenas noches –le dijo Alessandro con frialdad, sin siquiera volverse hacia ella.

–¿Es así como vas a terminar esta cita? –le susurró ella–. ¿Besándome y echándome a la calle después?

Él se volvió y sus ojos negros brillaron como ascuas. Una dura sonrisa apareció en sus labios.

–Bueno, *cara*, por fin entiendes lo que es ser mi amante.

Lilley se le quedó mirando un momento.

–Lo entiendo, sí. Lo entiendo muy bien –le dijo, aguantando las lágrimas–. No me deseas –añadió, dando media vuelta.

–¿Que no te deseo?

Ella miró atrás, confundida.

–No. Acabas de decirme...

–Estoy evitando que cometas un error –le dijo con brusquedad–. Deberías darme las gracias.

Ella tragó con dificultad.

–Muy bien. Adiós.

Subió a la acera, respiró hondo y miró hacia la solitaria calle oscura, llena de coches aparcados. Un viejo periódico salió volando del viejo asfalto. Solo llevaba dos meses viviendo allí, pero ya llevaba demasiado tiempo allí. En Francia. En Minnesota. La negra sombra de aquel bloque de apartamentos se cernía sobre ella como una influencia maligna. Sabía lo que le esperaba allí. Se acurrucaría en la butaca bajo la vieja manta hecha a mano de su madre y vería unos cuantos programas de televisión. A lo mejor se daba un buen baño. ¿Acaso iba a pasar así el resto de su vida? Jamás debería haber dejado su trabajo como ama de llaves en Francia... Si su primo no se hubiera portado mal con la madre de su hijo... Si ella no hubiera decidido dejar su trabajo por solidaridad... Nada más poner un pie en San Francisco, se había encerrado en sí misma.

«Todos debemos elegir en la vida... La seguridad de una prisión, o el terrible placer que entraña la libertad...».

–Lilley –su voz sonó seca desde dentro de la limusina–. Maldita sea. Vete ya.

Respirando hondo, ella se volvió hacia él. Sin decir ni una palabra, volvió a subir en la limusina. Sintió su mirada de sorpresa. Le sintió contener el aliento cuando cerró la puerta de golpe.

–¿Sabes lo que estás haciendo? –le preguntó él con brusquedad.

Ella temblaba.

–Solía soñar... –le dijo, mirándole a los ojos– con mi primer amante –susurró–. Soñaba con un príncipe azul que me adoraría para siempre.

–¿Y ahora?

–Estoy cansada de tener miedo –contuvo las lágrimas–. Cansada de esconderme de mi propia vida.

Él la miró fijamente durante unos segundos. Apretó el botón y la persiana separadora empezó a cerrarse. Alessandro pronunció una única palabra.

–Sonoma.

La mampara se cerró con un golpe seco.

Y entonces Alessandro se movió. Sin perder ni un segundo la acorraló contra el asiento de cuero y empezó a besarla sin contemplaciones. Sus labios le dieron un beso duro y ardiente, portador de un dulce veneno.

Abriendo la boca ante su lengua invasora, Lilley se lo dio... todo.

Capítulo 4

UNA HORA más tarde, Alessandro la sacó en brazos de la limusina. Lilley parpadeó varias veces bajo la luz de la luna. Se sentía borracha de sus besos. Se sentía tan ardiente... Mientras él la abrazaba contra su pecho, ella se movía a cada paso. La noche era clara y la luna brillaba en el cielo de terciopelo negro.

Su casa de campo parecía más bien un cortijo español, rodeado de viñedos bajo la luz plateada de la luna. A lo lejos podía oír cantar a los pájaros. El paseo desde la ciudad había pasado volando entre besos tórridos. Cuando la limusina llegó a la casa, Lilley se sintió un poco mareada. Tanto así que al abrir la puerta del coche, cayó al camino de gravilla. Alessandro la recogió con sus brazos vigorosos. Su mirada ardiente anticipaba lo que estaba a punto de ocurrir.

El vehículo se alejó por el camino. Ella le miró fijamente, sorprendida. Las estrellas parecían moverse por encima de su cabeza, brillando en el cielo nocturno.

Se sentía embriagada. Y solo se había tomado una copa y media de champán en la fiesta. No había duda. Alessandro Caetani era una droga para sus sentidos.

Ya en la puerta, él la sujetó con una mano y con la otra introdujo el código de seguridad. Detrás de la casa se podía ver una piscina, canchas de tenis y los viñedos más allá. Abrió la puerta con el hombro y la llevó dentro, cerrando la puerta con el pie.

Dentro, la casa estaba oscura y silenciosa. La subió

en brazos por las escalinatas de hierro forjado de estilo años veinte. No tenía que decir ni una palabra. Sus ojos hablaban por sí solos.

En el piso superior, él se dirigió directamente hacia la última puerta del pasillo. Dentro del dormitorio había una enorme cama iluminada por la luz de la luna que se colaba por los ventanales. Él la dejó encima con sumo cuidado. Ella se estremeció bajo el charco de luz plateada y le observó mientras se quitaba la corbata y la chaqueta y las dejaba en el suelo. Se quitó los zapatos y se metió en la cama con ella.

Sus manos estaban en todas partes mientras la besaba con pasión. Su abrazo se hizo más intenso, más ansioso. Se apretó contra ella, le dio un beso hambriento, cálido y húmedo. Entrelazó su lengua con la de ella y le tocó los pechos por encima de la fina tela del vestido. Lilley contuvo la respiración. La acarició hasta la cintura y finalmente le sujetó las mejillas y la besó con fervor. Ella le devolvió el beso con toda la pasión que había guardado durante veintitrés años de soledad.

«No hay nada excepto el presente. Nada excepto esto...», se dijo.

Ella contuvo la respiración al sentir cómo sus manos se deslizaban por debajo del fino tejido del corpiño hasta llegar a sus pechos desnudos. Los pezones se le endurecieron de inmediato. Él empezó a pellizcárselos con suavidad, desencadenando oleadas de exquisito placer. De repente le bajó el vestido. Los finos tirantes se rompieron. Empezó a acariciarle una pierna, subiéndole la falda del vestido. El peso de su cuerpo musculoso la aplastaba contra la suavidad de la cama. Él empezó a deslizar las puntas de los dedos por sus pantorrillas hasta llegar a las corvas. Mientras le lamía un pecho, siguió explorando hacia arriba. Empezó a masajearle la cara externa del muslo. La cara interna... Ella se aferró al colchón, conteniendo el aliento. Alessandro levantó los labios de su pezón húmedo. Poniéndose sobre ella a horcajadas, se desabrochó la camisa. Tiró al suelo los gemelos de diamantes. Ya solo llevaba los pantalones. Empezó a colocarse entre sus piernas y fue entonces cuando ella pudo ver por primera vez las luces y sombras de su musculatura pectoral. Sus hombros eran anchos, sus músculos fuertes y torneados como los de un atleta. Los bordes de sus pezones estaban cubiertos de un fino vello que continuaba en una línea hasta desaparecer por debajo de la cintura del pantalón. No había ni un gramo de grasa por ningún lado. Lilley apenas era capaz de asimilar tanta belleza masculina. Era como un ángel oscuro. Alessandro le quitó el vestido y se despojó él de los pantalones y los boxers de seda. Lilley se quedó boquiabierta al contemplar al primer hombre desnudo que veía en toda su vida. Y qué hombre... Tragó con dificultad... Él tenía un miembro enorme. Jamás cabría dentro de ella. ¿O sí? ¿Podría? ¿Cómo? Alguien debía de haberse equivocado.

Haciendo acopio de valor, Lilley se inclinó hacia delante y le besó. Sus labios estaban calientes, duros... A medida que él la dejaba sentar la pauta, la seguridad en sí misma aumentó. Un suspiro de placer se le escapó de los labios cuando él la empujó contra las suaves almohadas y se tumbó sobre ella. Estaba desnudo. La única prenda que los separaba era el encaje de sus braguitas. Podía sentir su potencia masculina entre los muslos, y el dolor bajo el vientre se intensificaba. Cerrando los ojos, se agarró de sus hombros mientras él la besaba y le hizo bajar más. Echó atrás la cabeza, dejándose llevar mientras él la besaba por el cuello, entre los pechos, en el vientre... Sintió cómo la lamía dentro del ombligo. Y entonces notó que le tiraba del borde de las braguitas con los dientes. Le separó las piernas y ella pudo sentir su aliento contra los muslos. Tembló mientras él le besaba las piernas. Apretó los párpados cuando él empezó a tocar su sexo, poniendo la mano encima, abarcándolo por completo. Empezó a lamerla en el punto más sensible a través del tejido de encaje. Y Lilley gritó.

Le quitó las braguitas, las arrojó al suelo y empezó a lamerla, dilatándola con los dedos para poner saborear cada rincón de su sexo. Estaba húmeda; muy húmeda. Un maremágnum de placer la succionaba hacia su interior, hundiéndola en un profundo éxtasis. Levantó las caderas sin pensar y él la besó. La tensión en lo más profundo de su ser aumentó más y más. No podía soportar más aquella dulce tortura, esa agonía de placer. Pero él le sujetaba las caderas con firmeza, dilatándola más y más, lamiéndola. Introdujo un dedo dentro de su sexo hasta el primer nudillo, y después dos... Y después tres... Llegando más y más adentro cada vez. Ella arqueó el cuerpo, tratando de zafarse de él, pero él no la dejaba escapar de esa exquisita agonía. Ella se aferró a la sábana y dejó que rugiera la tormenta que llevaba dentro. En la distancia, oyó un grito proveniente de sus propios labios.

Alessandro se protegió y se colocó entre sus piernas.

–Lo siento –le dijo en un susurro al oído.

Entró en su sexo de una vez, abriéndose camino fácilmente. El dolor repentino la hizo contener el aliento. La llenó por completo y entonces Lilley gritó de placer. Él se detuvo un instante y dejó que ella se acostumbrara a la sensación de tenerle dentro.

–Lo siento –volvió a murmurar. Bajó la cabeza, la besó en la frente, en las mejillas, en los labios...–. La única forma de superarlo es seguir adelante.

La respuesta de ella fue un gemido sofocado. Escondió la cara contra la almohada.

Y entonces, lentamente, muy lentamente, él empezó a moverse dentro de ella y entonces ocurrió un milagro. Un océano de placer, que había retrocedido debajo de ella como una ola, llevándose la arena a sus pies, pareció volver de repente. Con cada embestida, lenta y profunda, él llenaba un sitio dentro de ella y la hacía vibrar de placer. A medida que su cuerpo le aceptaba, Alessandro empezó a moverse con más fuerza, empujando con frenesí y sujetándola de las caderas. Sus pechos se movían con la fuerza creciente de sus arremetidas y el cabecero de la cama golpeaba la pared. Echó atrás la cabeza y la tensión que había en su interior se convirtió en una espiral que giraba y giraba... y finalmente saltó como un resorte. La joven dio un grito inconsciente a medida que las explosiones extáticas la sacudían por dentro y, casi al mismo tiempo, le oyó gritar a él al tiempo que daba la última embestida, poderosa y colosal.

Cuando Lilley abrió los ojos, Alessandro estaba encima de ella, abrazándola protectoramente. Cerró los ojos. Por algún motivo incomprensible, tenía ganas de llorar. Él la había llevado a un mundo totalmente desconocido...

Alessandro jamás hubiera podido imaginar que el sexo pudiera ser así. Lilley era una embriagadora combinación de inocencia y fuego. Nunca se había sentido tan insaciable como esa noche... Con la piel sonrosada y el cuerpo exhausto, cayeron en la cama unas horas antes del amanecer y se despertaron muertos de hambre no mucho tiempo después. Hicieron el amor por cuarta vez, rápida y bruscamente, y entonces bajaron a desayunar.

Fuera lo que fuera lo que le hubiera prometido el día anterior, no tenía intención de dejarla marchar tan fácilmente. Quería algo más que una aventura de una noche.

–Esto está delicioso –murmuró Lilley, inclinándose hacia delante sobre la mesa de desayuno.

Sorprendentemente, él le había preparado un delicioso desayuno con huevos y salchichas.

El albornoz se le abrió un poco, revelando unos pechos exquisitos. Se llevó un bocado a la boca y esbozó una sonrisa pícara.

–Para serte sincera, no esperaba que se te diera bien cocinar.

Un momento antes, se había terminado el último trozo de tostada, hasta la última migaja. Pero, viéndola semidesnuda, con ese albornoz que casi se le caía de los hombros, volvió a desearla de inmediato. Quería tirar los platos al suelo y hacerle el amor sobre la mesa. Tragó con dificultad.

–Normalmente no cocino. Pero tú me has inspirado.

Ella sonrió. Sus ojos cálidos eran del intenso color del caramelo.

–No tanto como tú a mí –le dijo ella. Su hermoso rostro resplandecía bajo la luz de la mañana.

Alessandro se quedó contemplándola, perdido en su mirada. La deseaba tanto como necesitaba respirar.

Pero quedarse a su lado estaba mal. Muy mal.

«No tengo motivos para sentirme culpable...».

Ya había intentado deshacerse de ella. Pero ella había escogido otro camino. Desde el principio le había dicho que jamás se casaría con ella, que nunca la querría. Ella tenía que proteger su propio corazón.

Le tocó la mejilla y deslizó las yemas de los dedos lentamente sobre sus pechos llenos y turgentes, casi al descubierto bajo aquel albornoz. Ella entreabrió los labios, sorprendida, y él no pudo resistirse a la invitación. Se inclinó sobre la mesa y le dio un beso. Se puso en pie y la hizo levantarse de la silla. Le desató el cinturón del albornoz y dejó que cayera al suelo. Su piel desnuda resplandecía bajo los rayos del sol. Alessandro contuvo la respiración.

–Ve delante de mí –le dijo con voz ronca–. Para que pueda verte.

Ella arqueó una ceja. Con un movimiento rápido, ella le abrió el albornoz y se lo quitó.

–Tú primero –le sugirió.

Treinta segundos después, Lilley se reía suavemente mientras él la perseguía, ambos desnudos. Subieron las escaleras, pero ni siquiera llegaron al dormitorio. Terminaron sobre la carísima alfombra del vestíbulo del piso superior.

Pasaron el domingo haciendo el amor en todos los rincones de la mansión. En el jardín, en la biblioteca, en el estudio y, finalmente, mucho después de medianoche, en la cama. Se quedaron dormidos abrazados, ajenos al resto del mundo.

Pero unas horas más tarde, antes del amanecer, Alessandro se despertó. Era lunes. Lilley dormía plácidamente a su lado. Había perdido la cuenta de todas las veces que habían hecho el amor en las últimas treinta horas. Más de diez veces... Hizo una pausa y entonces sacudió la cabeza, sorprendido. ¿Menos de veinte? No estaba seguro...

Teniendo cuidado de no despertarla, se puso en pie y atravesó las puertas de la terraza. La noche de agosto era clara y envolvente. La luz de la luna todavía bañaba de plata los viñedos. Alessandro contempló sus tierras y trató de calmar su corazón inquieto. Cerró los ojos y sintió el peso de sus treinta y cinco años de edad. Su alma se sentía vieja, vacía... Nada que ver con ella. ¿Era eso lo que quería hacer con ella? ¿Robarle su juventud y su optimismo como un vampiro? ¿Alimentarse de su inocencia hasta que su propia oscuridad la consumiera por dentro?

–¿Alessandro? –murmuró ella de repente, en un tono adormilado.

Él volvió a entrar en el dormitorio. La encontró tumbada en la cama. Sus gloriosas curvas solo estaban cubiertas por una fina sábana. Ella se incorporó, sorprendida. Él llegaba de la terraza, completamente desnudo.

—¿Qué pasa?

—Nada —dijo él.

Ella tragó con dificultad. Se mordió el labio inferior.

—¿Te arrepientes del tiempo que hemos pasado juntos? —le susurró—. ¿Estás pensando en... Olivia?

—¡No! —exclamó él, sacudiendo la cabeza con firmeza—. Estoy pensando en el negocio de Ciudad de México —añadió, diciéndole lo primero que se le pasó por la cabeza—. Me preguntaba qué va a hacer el equipo de San Francisco con los diseños de la Joyería cuando tomen el control.

Alessandro dejó de hablar bruscamente, sorprendido ante su propia estupidez. Estaba tan preocupado por no hacerle daño que le había revelado algo que jamás debería haber comentado delante de nadie que no estuviera en su gabinete directivo. Si aquello llegaba a ser de dominio público, sería la ruina. Le había dado al dueño de Joyería, Miguel Rodríguez, ciertas garantías de que los diseñadores mexicanos seguirían en plantilla. Le había asegurado que su estudio de Ciudad de México conservaría su autonomía con respecto a las oficinas centrales de Caetani Worldwide de San Francisco, Shanghái y Roma. Si Rodríguez llegaba a enterarse de sus planes de ahorro, podía cancelar el trato y venderle la empresa a la competencia.

Alessandro miró a Lilley fijamente, pero ella parecía totalmente ajena a la importancia de la información que acababa de revelarle. Sonrió y sacudió la cabeza.

—Siempre estás trabajando, ¿no? —le dijo suavemente—. Es por eso por lo que tienes tanto éxito —añadió, abrazándose a una almohada—. A lo mejor si yo fuera más como tú, no sería tan torpe.

Él frunció el ceño.

—¿Torpe? ¿Quién ha dicho eso?

La sonrisa de ella se volvió triste.

—Nadie me lo tiene que decir. Vine a San Francisco

para empezar un negocio de joyería, pero al final me acobardé –bajó la vista–. No soy tan valiente como tú.

Él se sentó a su lado.

–Hay muchas clases de valentía en el mundo, *cara* –le sujetó la barbilla y la obligó a mirarle a la cara–. Tú tienes un buen corazón. Confías en la gente. Y tus joyas son únicas y preciosas. Como tú –le dijo en un susurro. Apretó la mandíbula y asintió con la cabeza–. Empezarás tu propio negocio cuando llegue el momento adecuado. Lo sé.

Ella levantó la vista. Su mirada era casi dolorosa.

–¿Lo sabes?

–Sí –él dejó caer la mano–. Yo fracasé muchas veces, en muchos negocios diferentes, antes de hacer mi primera fortuna. Vendiendo pulseras de plástico para los niños, nada más y nada menos.

Lilley soltó una carcajada. Casi no podía creérselo.

–¿Tú? ¿Vendiendo pulseras de plástico? No me lo creo.

Él le ofreció una sonrisa repentina.

–Es cierto. Se pusieron muy de moda y así hice mi primer millón. Estaba decidido a tener éxito. No importaba cuántas veces fallara. No me rendí –se pasó una mano por el cabello–. Y tú eres igual. Pero todavía no lo sabes.

–¿Eso crees? –dijo ella, tomando aliento.

Él asintió.

–Si es importante para ti, harás que ocurra, cueste lo que cueste.

–¿Y por qué estabas tan empeñado en triunfar?

Él apretó los labios.

–Cuando mi padre murió, me dejó muchas deudas que tenía que pagar. Dejé la universidad y empecé a trabajar veinte horas al día –apartó la vista–. Nunca volveré a sentirme tan débil.

–¿Débil? ¡Pero si eres un príncipe!

–Príncipe de nada –le dijo él en un tono cortante–. Es un título vacío que heredé de un señor de la guerra del siglo XV. Los hombres de mi familia siempre han sido corruptos y débiles.

–Pero tú no –le dijo ella, mirándole fijamente–. Tú eres el director de Caetani Worldwide. Creaste un imperio empresarial de la nada. Todo el mundo te adora –susurró ella.

Alessandro empezaba a sentirse incómodo con la adoración que veía en sus ojos.

–No soy nada especial –le dijo en un tono malhumorado–. Si yo puedo empezar un negocio, entonces tú también. Haz un plan, haz tus cálculos.

–Eso puede ser un poco difícil... No se me dan muy bien los números, ni las letras.

–¿Tienes dislexia?

–Sí.

–¿Y cómo es eso?

–Depende de la persona. En mi caso, las letras y los números no dejan de bailar.

Él soltó una carcajada.

–¿Y tú trabajas en mi departamento de archivos?

Ella esbozó una sonrisa descarada.

–Ahora entenderás por qué me quedo hasta tarde en el trabajo. Nunca se me ha dado nada bien, excepto hacer joyas –añadió en un tono triste–. A lo mejor es por eso por lo que mi padre piensa que soy un caso perdido. Me amenazó con desheredarme si no regresaba a Minnesota y me casaba con uno de sus gerentes.

–¡Desheredarte! –Alessandro se imaginó a un granjero trabajador en una finca en las desangeladas llanuras del norte–. ¿Quería que te casaras con el capataz de la granja?

Lilley parpadeó y frunció el ceño.

–Mi padre no es granjero. Es empresario.

–Ah –dijo Alessandro–. ¿Tiene un restaurante? ¿Una tintorería?

Ella apartó la vista de forma evasiva.

–Eh... Algo así. Mis padres se divorciaron hace unos años, cuando mi madre enfermó. El día en que murió fue el peor de toda mi vida. Tenía que huir, así que... me busqué un trabajo... con un pariente lejano. Mi primo.

Estaba tartamudeando, mirándole con una ansiedad que Alessandro no podía entender.

–Lo siento –le dijo en voz baja–. Mi madre murió hace unos años, y mi relación con mi padre siempre fue complicada.

En realidad eso era poco decir. Su padre, el príncipe Luca Caetani, se había casado con su madre por su dinero y después se lo había gastado con sus amantes. Había muerto cuando él tenía diecinueve años, dejando deudas y una larga lista de hijos bastardos por el mundo. Alessandro era el único hijo legítimo, heredero del imperio y del título de Caetani, pero todos los años aparecía un extraño que decía ser hijo de Luca Caetani con la idea de llevarse un trozo de la tarta.

«Solo espera a que pasen los años, hijo...», le había dicho su padre en su lecho de muerte. «Serás igual que yo. Ya lo verás...».

Alessandro había jurado que jamás sería como su padre. Era egoísta, pero no era un monstruo.

–He pensado en volver –los ojos de Lilley brillaron–. Pero ahora sé que no voy a poder. Tú me haces sentir... valiente. Me haces sentir que puedo hacer cualquier cosa, que puedo arriesgarme a cualquier cosa.

Alessandro sintió que el corazón le daba un pequeño vuelco. Cerró los puños con tanta fuerza que se le pusieron blancos los nudillos.

Lilley ya estaba medio enamorada de él. Él podía verlo en sus ojos, aunque ella todavía no fuera consciente de ello. Si seguía teniendo algo con ella, acabaría apagando esa luz que tenía dentro. Esa vitalidad terminaría consumiéndose por completo, y solo quedaría oscuridad y un enorme vacío en su corazón.

Había cruzado la línea. Se había aprovechado de su inocencia de una forma que no tenía vuelta atrás. Había hecho algo imperdonable.

Tomando aliento, se apartó de ella. Solo faltaban un par de horas para el amanecer. Pero no habría luz del sol para él, siempre frío hasta la médula. Solo había una forma para remediar lo que había hecho. Solo había una forma de no romperle el corazón. Soltó el aliento y cerró los ojos.

Tenía que dejarla marchar.

–Ya casi es de día –le dijo ella, en un tono triste. Le puso la mano sobre el pecho–. Dentro de unas pocas horas, volveré a mi departamento de archivos. ¿Y tú?

Él abrió los ojos.

–México.

–Alessandro... –le dijo ella, respirando hondo–. Quiero que sepas que...

Él se volvió hacia ella casi con violencia y le puso un dedo sobre los labios.

–No hablemos –la hizo tumbarse sobre la cama, respiró su aroma embriagador por última vez...

–Ha sido el día más feliz de mi vida –le dijo ella en voz baja–. Pero me duele que termine –esbozó una sonrisa triste–. Dentro de unas pocas horas, habrás olvidado que existo.

Él la miró fijamente.

–Nunca te olvidaré, Lilley –le dijo, y era verdad.

–Oh –dijo ella. Sus ojos se llenaron de alivio y gratitud. Pensaba que aquellas palabras significaban que quizá podrían tener un futuro. Jamás hubiera podido imaginar que en realidad eran una sentencia de muerte para cualquier posible relación que hubiera podido haber entre ellos.

Puso la mano sobre su mejilla áspera y sin afeitar.

–Entonces dame un beso que no olvide jamás.

Él miró sus labios sonrosados y carnosos y se estremeció de deseo.

«Una última vez...», pensó.

La dejaría marchar al amanecer...

Capítulo 5

UN MES después, Lilley estaba sentada en una dura silla de oficina en el despacho del sótano del departamento de Recursos Humanos. Las luces fluorescentes parpadeaban y producían un murmullo eléctrico. Se sentía mareada, con náuseas. Se humedeció los labios y rezó para no haber entendido bien.

–¿Qué?

–Lo siento, señorita Smith, pero tenemos que despedirla –le dijo el hombre que estaba sentado al otro lado del escritorio–. Caetani Worldwide no es el sitio adecuado para sus habilidades.

Intentando luchar contra las náuseas, Lilley respiró hondo. Un profundo dolor se había apoderado de ella. Sabía que aquello ocurriría tarde o temprano. Su esfuerzo no era suficiente para compensar su falta de habilidad con los números y las letras, que siempre bailaban delante de sus ojos.

–Le puedo asegurar que... Tendrá un finiquito muy generoso.

–Era demasiado lenta, ¿no? –susurró ella, intentando contener las lágrimas–. Era demasiado lenta a la hora de hacer mi trabajo.

El hombre sacudió la cabeza. Su enorme papada se meneó. No parecía que quisiera echarla. Parecía querer que se lo tragara la tierra.

–Lo ha hecho muy bien, señorita Smith. El resto de los empleados le tenían aprecio. Sí. Era más lenta que los demás, pero su ética de trabajo... –respiró hondo. Tenía una carpeta en las manos y no dejaba de tamborilear con ella sobre el escritorio–. No era muy sólida –su voz sonaba contenida, cauta–. Le daremos una carta de recomendación excelente y le puedo asegurar que encontrará un trabajo pronto, muy pronto.

Empezó a explicarle los detalles de su finiquito, pero Lilley apenas escuchaba. Cada vez sentía más náuseas.

–Siento que las cosas hayan salido así –le dijo finalmente–. Pero algún día se alegrará de...

Vio que ella no estaba escuchando. Se sujetaba el vientre con una mano y con la otra trataba de taparse la boca.

–Por favor, firme esto –añadió, deslizando un documento sobre la mesa hacia ella.

Agarrando el bolígrafo que él le ofrecía, Lilley revisó el documento rápidamente y vio que no era buena idea denunciar a la empresa por acoso sexual.

Respiró hondo. No era por su trabajo. La estaban echando por... Ahuyentó ese pensamiento. No podía pensar en su nombre siquiera. Garabateó su firma y se puso en pie. El director de Recursos Humanos le estrechó la mano.

–Mucha suerte, señorita Smith.

–Gracias –dijo ella, casi ahogada. Agarró la carpeta que él le ofrecía y huyó al servicio.

Más tarde, se echó un poco de agua fría en la cara. Miró su rostro demacrado en el espejo. Trató de sonreír, trató de ponerse la máscara que había llevado durante el mes anterior, cada vez que tenía que soportar las bromas y los dobles sentidos acerca del príncipe Alessandro. Pero no podía llevarla. Era imposible ese día. Despedida. La habían despedido. Casi como un autómata, fue hacia el ascensor. Salió en el tercer piso y volvió a su escritorio, situado en un rincón del cuarto de archivos, una estancia hermética, sin ventanas. Otros empleados tenían fotos de su familia, amigos, mascotas...

Ella solo tenía un geranio solitario y una postal de la esposa de su primo, Carrie. Se la había mandado un mes antes desde la Provenza. Sobre su mesa había una revista de cotilleo. Alguien había vuelto a dejarla allí a propósito. Sintió un frío repentino al mirar la portada de *Celebrity Weekly*. En ella había una foto de Alessandro en Ciudad de México. Llevaba allí un mes, intentando afianzar el acuerdo con Joyería. Pero la semana anterior, su primo Théo había hecho una contraoferta muy buena. Debería haberse alegrado, pero no era capaz. Le dolía el corazón con solo pensar que él iba a fracasar esa vez.

Por lo menos ella sí que estaba acostumbrada a ello. Se fijó en una foto más pequeña que había sido tomada en el Festival de Cannes unos meses antes. Alessandro llevaba un traje muy elegante y sujetaba la mano de una hermosa rubia vestida de negro. Olivia Bianchi.

El príncipe playboy se casa por fin..., decía el titular. Alguien había subrayado las palabras con un bolígrafo negro.

Llevaba todo el mes pagando por aquella cita tan singular que había tenido con Alessandro. Algunas de sus compañeras parecían muy preocupadas por ella. Querían ayudarla a mantener los pies sobre la tierra. O quizá tenían miedo de que se le fuera a subir a la cabeza. Como si eso hubiera podido ocurrir...Lilley dio un salto de repente. Un hombre acababa de aclararse la garganta a sus espaldas. Al volverse vio que era Larry, un guardia de seguridad al que conocía. Justo el día anterior, le había enseñado cómo quitar manchas de tinta de la ropa, algo que había tenido que hacer muchas veces cuando trabajaba como gobernanta para su primo.

–Lo siento, Lilley. Se supone que tengo que acompañarte fuera –le dijo Larry con gesto triste.

Ella asintió con la cabeza. Agarró el geranio, la revista, la postal, su vieja rebeca gastada y la enorme bolsa de caramelos de *toffee* que guardaba en el fondo de su cajón para emergencias. Metió toda su vida en una caja de cartón y siguió al guardia de seguridad, tratando de ignorar las miradas indiscretas de los empleados.

Ya en el vestíbulo, Larry revisó el contenido de la caja de cartón. ¿Pero qué se iba a llevar? ¿Bolígrafos? ¿Papel? Le quitó la tarjeta de empleado.

–Lo siento –volvió a decirle.

–No pasa nada –susurró ella.

Por suerte consiguió salir del edificio sin llorar ni devolver.

Tomó el autobús que la llevaba a casa. Al llegar a su apartamento, le sonó el teléfono móvil. Miró el número. Nadia se lo había perdido todo, así que Jeremy debía de haberle dado la noticia. Pero todavía no podía enfrentarse a su compañera de piso. No podía hacerle frente a las sospechas de su amiga... Llevaba más de una semana con náuseas, pero tenía pánico de pensar en ello. Silenció la llamada y tiró el móvil sobre la encimera de la cocina. Engulló unas galletas saladas y un poco de agua para calmar el estómago un poco. Se puso un pijama de franela y un albornoz de color rosa, se envolvió en la manta de su madre y se acurrucó en un butacón. Cerró los ojos, aunque sabía que estaba demasiado nerviosa como para dormir.

Se despertó con el pitido del móvil. Se incorporó. Era de noche, así que debía de llevar horas dormida. Poniéndose una almohada sobre la cabeza, trató de ignorar el pitido.

Al final fue a contestar. Alessandro... Llevaba todo un mes soñando con ello. Todavía podía sentir el calor de sus labios sobre la piel. Tragó con dificultad.

–¿Hola? –dijo, con timidez.

–¿Lilley Smith? –una voz entusiasta sonó al otro lado de la línea–. Usted no me conoce, pero su currículum nos ha llamado la atención. Nos gustaría ofrecerle unas prácticas pagadas en nuestra empresa de Nueva York.

Para cuando Lilley colgó el teléfono, sus sueños sobre Alessandro se habían esfumado. Por fin lo entendió todo. No solo la estaba echando de la empresa, la estaba echando de su vida.

Le sobrevino otra oleada de náuseas. Tiró la revista al suelo, se cubrió la boca y corrió hacia el pasillo. Se fijó en la bolsa de papel que estaba sobre el fregadero. Nadia se lo había comprado días antes, pero ella la había ignorado. No podía estar embarazada. Habían usado cajas y cajas de preservativos. Se habían protegido todas las veces, todo el fin de semana. Excepto... Se quedó helada. Excepto esa vez. En la ducha.

¿Cómo había podido terminar tan mal aquella aventura? Se había quedado dormida en sus brazos, tan feliz... creyendo que podían tener un futuro. Y después se había despertado sola. Envolviéndose en una sábana, le había llamado por su nombre en un tono juguetón y había bajado al piso inferior, pero allí solo estaba el ama de llaves.

—El príncipe ha tenido que marcharse —le había dicho la mujer en un tono seco—. Abbott la llevará de vuelta a la ciudad.

Nunca más volvería a verle, pero tenía que vivir con ello. No tenía elección. Incluso debía estar agradecida por la experiencia. Por el recuerdo. Pero ¿y si estaba embarazada? Lilley cerró los ojos y los apretó con fuerza. El corazón le latía desbocado.

Fue a comprar un test y se lo hizo sin más dilación. Temblorosa, miró el reloj. Dos minutos. Seguramente era demasiado pronto como para comprobarlo. Pero tampoco pasaba nada si...

Embarazada.

Embarazada. Embarazada. Embarazada. El test se le

cayó de las manos, que le temblaban sin cesar. Tambaleándose, avanzó por el pasillo, rumbo a la cocina. De repente tenía una tetera en la mano y se estaba haciendo un té, tal y como solía hacer su madre en tiempos de crisis.

«Cariño, hay muy pocos problemas en el mundo que no se puedan resolver con un abrazo, un platito de galletas y una buena taza de té caliente», solía decirle su madre con una sonrisa. Aquella receta mágica de la felicidad solía funcionar como un hechizo cuando tenía nueve años y había suspendido un examen de ortografía, y cuando era una adolescente y los otros chicos se burlaban de ella.

«Tu padre no puede comprarte un cerebro nuevo...», le decían.

Había funcionado cuando su padre le había pedido a su madre el divorcio y las había abandonado en Minneapolis para hacerse una enorme mansión a orillas del lago Minnetonka y vivir con su amante en ella.

Dejó la taza sobre la mesa y recogió la revista que se había llevado del trabajo. La abrió y leyó el artículo. Alessandro iba a celebrar la vendimia en su mansión de Sonoma. Los rumores decían que iba a ser una fiesta de compromiso. Viernes. Esa misma noche. Los dedos de Lilley se deslizaron sobre aquel rostro hermoso y frío. Había estado tan segura de que él querría volver a verla... Durante el mes anterior, había dado un salto cada vez que le sonaba el teléfono. Había creído ciegamente en su esperanza. Había creído que él iba a llamarla, que le mandaría flores, una postal, algo... Pero no lo había hecho.

No obstante, antes de dejarle para siempre, tenía que decirle que iba a ser padre...

–Alessandro, por fin –la voz felina de Olivia le puso nervioso de inmediato–. ¿Me has echado de menos, cariño?

Forzando una sonrisa, Alessandro se volvió hacia ella, con los hombros tensos como planchas de metal. La había visto llegar por la ventana del estudio. Era la primera invitada que llegaba esa noche. No era propio de ella llegar pronto a ningún evento, así que ya debía de haberse enterado de los rumores. Y, desafortunadamente, esos rumores eran ciertos. El anillo de diamantes de cinco quilates que llevaba en el bolsillo de la chaqueta era como el peso de un ancla.

–Te he echado de menos –dijo Olivia, ofreciéndole su mejor sonrisa.

Dio un paso adelante para darle un beso en los labios, pero, en el último momento, él apartó la cara. Los labios de ella aterrizaron sobre su mejilla. La reacción tan brusca los sorprendió a los dos. Su cuerpo, al menos, debería haberse alegrado de verla... No se había acostado con nadie durante más de un mes.

Ella retrocedió. Parecía ofendida.

–¿Qué sucede?

–Nada –le dijo él. ¿Qué iba a decirle? ¿Que la había echado de menos cuando estaba en México? ¿Que había pensado mucho en ella cuando había perdido el negocio de Joyería y había dejado ganar a ese bastardo de Théo St. Raphaël?

Lo cierto era que no era a ella a quien había deseado ver la noche en que se había llevado esa gran decepción. Había sido el rostro de otra mujer el que había deseado ver ese día; su cuerpo suave, su corazón puro...

Alessandro respiró hondo. Probablemente a esas alturas Lilley ya debía de estar haciendo las maletas para irse a Nueva York. Seguramente debía de odiarle...

–Me alegré mucho cuando me llamaste –murmuró Olivia, esbozando una sonrisa–. Casi había empezado a pensar que habías roto conmigo.

–Y lo hice –le dijo Alessandro–. No me gusta que me pongan entre la espada y la pared.

–Lección aprendida –le dijo ella, aunque la sonrisa no le llegara a los ojos. Le agarró la mano.

Su piel estaba fría, dura.

–Me alegro de que estemos juntos de nuevo. Somos perfectos el uno para el otro, ¿no?

Alessandro miró fijamente su hermoso rostro, sus agudos ojos verdes, sus pómulos marcados. Físicamente, era perfecta. Encajaba muy bien en ese mundo al que él pertenecía. Nadie podría criticarla nunca en su papel de *principessa*.

–Sí –le dijo él en un tono seco–. *Perfetto.*

Caminaron por el pasillo rumbo al vestíbulo de dos plantas. Desde el rellano de la escalera, vieron que ya empezaban a llegar muchos invitados. La fiesta se había organizado para celebrar la cosecha. Siempre era una reunión íntima, para los amigos más cercanos de la familia. Sin embargo, ese año Alessandro se había atrevido a invitar a unos cuantos socios, pensando que ya tenía asegurado el negocio de Joyería. Todo se había torcido en el último momento, no obstante. La cosecha de la uva no estaba yendo según lo previsto y el negocio con Joyería no había resultado bien. Además, esa noche le iba a pedir matrimonio a Olivia. Aquello había pasado de ser una celebración a convertirse en una especie de funeral de la noche a la mañana.

A cada paso que daba sentía el peso muerto del diamante que llevaba en el bolsillo...

De pronto oyó a Bronson. Discutía con alguien que estaba en la puerta. Su mayordomo, siempre tranquilo, trataba de librarse de alguien que no estaba invitado.

–La entrada del servicio está al fondo de la casa –le decía Bronson, tratando de cerrar la puerta.

–¡No he venido a dejar un paquete! –exclamó una mujer, empujando la puerta–. ¡Estoy aquí para ver a Alessandro!

El mayordomo respiró profundamente, como si la joven acabara de insultar a su madre.

—¿Alessandro? —repitió en un tono incrédulo—. ¿Se refiere a Su Alteza, el príncipe Alessandro Caetani?

—¡Sí!

—El príncipe se encuentra en una fiesta en este momento —dijo Bronson con frialdad—. Póngase en contacto con su secretaria y pídale una cita. Buenas noches.

En el momento en que Bronson trataba de cerrar la puerta, la joven metió el pie por una estrecha ranura.

—No quiero ser maleducada... Pero me marcho a primera hora de la mañana y tengo que hablar con él. Esta noche.

Alessandro sintió un escalofrío en la espalda. Conocía muy bien esa dulce voz...

Tras soltar la mano de Olivia, bajó las escaleras a toda prisa y fue hacia el anciano de pelo blanco que trataba de cerrar la puerta.

—Suelte la puerta inmediatamente —decía Bronson.

Agarrando la puerta por arriba, Alessandro la abrió de par en par. El mayordomo se dio la vuelta.

—Su Alteza —dijo, sorprendido—. Siento mucho esta interrupción. Esta mujer ha tratado de entrar en la fiesta a la fuerza. No sé cómo logró burlar los controles de seguridad en la puerta, pero...

—No hay problema, Bronson —dijo Alessandro, sin saber muy bien lo que decía, mirando a Lilley fijamente, como si acabara de salir de sus sueños.

Estaba más hermosa que nunca. Llevaba el cabello recogido en una coleta y la cara lavada. A diferencia de la mayoría de las mujeres, siempre empeñadas en enfundarse vestidos glamurosos con los que apenas podían respirar, ella no llevaba más que una camiseta ceñida y una falda de algodón con un estampado de flores. Era un conjunto primaveral que accidentalmente realzaba sus impresionantes curvas. Brillaba como un ángel, expulsado de ese cielo negro y ominoso que relampagueaba en el horizonte.

–Alessandro –susurró ella, mirándole fijamente. Sus pupilas grandes y diáfanas se dilataron.

–¡Seguridad! –exclamó el mayordomo, haciéndole señas a un guardia que estaba al otro lado de la sala.

Alessandro agarró a Bronson del brazo.

–Yo me ocupo de esto –le dijo en un tono inflexible.

Sorprendido, el mayordomo asintió y se apartó rápidamente.

–Por supuesto, señor.

Tomando a Lilley del brazo, la hizo entrar al vestíbulo. Ella levantó la vista hacia él y entreabrió los labios.

Él apretó los dedos alrededor de su delicado brazo, casi sin darse cuenta. Un aluvión de recuerdos sensuales lo bañó por dentro. La última vez que la había visto habían hecho el amor en cada rincón de esa casa, también en el vestíbulo.

Alessandro miró hacia la pared que estaba detrás de ella. Allí.

Ahogándose de deseo, sintió unas ganas irrefrenables de tomarla en brazos, llevarla a la habitación y hacerle el amor como aquella vez. La sangre palpitaba en sus sienes, el corazón le latía desbocado. Cerró la pesada puerta de roble, la soltó y cruzó los brazos para no tocarla.

–No deberías haber venido.

Ella respiró hondo.

–No tuve elección.

–¿Qué está haciendo aquí? –preguntó Olivia en inglés–. ¿La has invitado, Alessandro?

Olivia... Se había olvidado de ella completamente. Irritado, se volvió hacia ella.

–No. No la he invitado –se volvió hacia Lilley–. ¿Por qué estás aquí?

Lilley se acercó un poco a él. Había una suave sonrisa en sus labios. Sus ojos marrones eran luminosos, le atrapaban el alma. Parecía una criatura sacada de otro mundo, un mundo más dulce lleno de magia e inocencia. Su hermoso rostro resplandecía.

—He venido a verte.

Él la miró, aturdido.

«He venido a verte...».

No había artificio, ni engaño... No le contaba ninguna historia de casualidades absurdas. Casi no sabía cómo apañárselas con una sinceridad tan sencilla y aplastante. Tenía tan poca experiencia en ese sentido...

—No estás invitada —dijo Olivia con frialdad—. Márchate.

Estaba claro que había reconocido a Lilley. Sabía que era la mujer a la que Alessandro había llevado a la gala Preziosi di Caetani. La italiana la fulminó con una mirada envenenada.

Pero la expresión de Lilley no albergaba ni rastro de rabia o miedo. Miraba a la glamurosa heredera italiana con algo que parecía... simpatía.

—No he venido a hacer una escena —dijo tranquilamente—. Solo necesito hablar con Alessandro, a solas. Por favor. Solo será un momento.

—Alessandro no quiere hablar contigo.

Como él seguía callado, Olivia dio un golpe de melena y le dedicó una mirada desagradable a Lilley.

—Vete de aquí antes de que te eche yo misma, maldita... oficinista de pacotilla.

Lilley ni se inmutó ante aquel insulto. Se volvió hacia Alessandro con una dulce sonrisa.

—¿Puedo hablar contigo un momento? ¿A solas?

Estar a solas con Lilley, un rato antes de anunciar el compromiso con Olivia, no era una buena idea. En realidad era muy mala idea. Abrió la boca para decirle a Lilley que debía irse. Pero entonces sintió que algo se retorcía en su interior, abrió la boca y...

–¿Nos disculpas un momento?

Olivia retrocedió con cara de pocos amigos, visiblemente furiosa.

–Muy bien –dijo con frialdad–. Iré a saludar al alcalde y a mi amigo Bill Hocking –dijo, refiriéndose a un millonario muy famoso de Silicon Valley.

Su advertencia no podía haber sido más clara. Pero a Alessandro eso le traía sin cuidado.

–*Grazie* –contestó en un tono suave, totalmente ajeno a esa furia repentina.

Frunciendo el ceño, Olivia dio media vuelta y se alejó. Su espalda desnuda parecía casi esquelética con aquel vestido asimétrico.

Alessandro volvió a mirar a Lilley. Con aquel sencillo conjunto de algodón estaba más guapa que nunca. En mitad de todo el ruido de la fiesta, el tintineo de las copas de champán, las risas de los invitados, era como si estuvieran solos.

–No pensé que volvería a verte –murmuró–. No me puedo creer que te hayas presentado en mi fiesta.

Ella sonrió.

–Muy valiente por mi parte, ¿no? O a lo mejor es pura estupidez.

–La valentía y la estupidez suelen ser la misma cosa.

Lilley sacudió la cabeza. Alessandro vio lágrimas en sus ojos que no había derramado.

–Me alegro de verte, Alessandro –le dijo, riendo–. Te he echado de menos.

Al verla tan vulnerable, tan sincera, Alessandro volvió a sentir esa punzada en el corazón.

–Pero no deberías haber venido aquí esta noche.

Ella le miró a los ojos.

–Porque esto es una fiesta de compromiso.

Alessandro trató de permanecer impasible.

–Lees las revistas de cotilleo.

–Desafortunadamente sí.

Preparándose para lo que estaba por llegar, Alessandro esperó a que ocurriera la escena inevitable. Lágrimas, reproches... Pero ella no hizo más que sonreír con tristeza.

–Quiero que seas feliz –ella levantó la barbilla–. Si Olivia es la persona a la que quieres, la persona que necesitas, entonces os deseo todo lo mejor.

Alessandro se quedó boquiabierto. Aquello era lo último que esperaba oír. Respiró profundamente. No sabía qué decir o hacer.

–¿No... estás molesta? –le preguntó. Le ardían las mejillas. Aquellas palabras sonaban tan tontas...

–No tiene sentido enfadarse por algo que no puedo cambiar –ella bajó la vista–. Y no he venido aquí para dar un espectáculo.

–¿Y entonces por qué has venido?

Ella levantó la vista. Sus ojos se habían iluminado.

–Tengo algo que decirte antes de irme de San Francisco.

¿Irse de San Francisco? ¿Por qué iba a irse de San Francisco? De repente recordó que había convencido a un amigo suyo para que le ofreciera un ventajoso trabajo en Nueva York. Mientras estaba en México, atormentado noche tras noche por su recuerdo, había pensado que lo mejor era alejarse de ella lo más posible. La idea más estúpida que jamás había tenido...

En ese momento sonó el timbre. Bronson se dirigió hacia la puerta con paso vacilante. Alessandro agarró a Lilley de la mano y la sacó del vestíbulo. La condujo por un pasillo secundario.

–¿Adónde vamos? –le preguntó ella, sin resistirse.

–A un sitio donde podamos estar solos –le dijo él.

Abrió las puertas correderas y la hizo salir al exterior, a un pequeño jardín. Sus miradas se encontraron a la luz del crepúsculo. El cielo se estaba oscureciendo con los nubarrones que presagiaban una tormenta. A lo lejos se oía el rugido de los truenos. El viento gemía entre los árboles. El aire se cargó de electricidad al tiempo que la temperatura descendía varios grados. Hacía fresco fuera, pero Alessandro seguía sintiendo el calor asfixiante del fuego que ardía en su interior.

–¿Por qué has venido? –le preguntó en un tono cortante.

Las luces de colores que colgaban de las ramas de los árboles fueron sacudidas violentamente por una ráfaga de viento. Un relámpago iluminó el rostro consternado de Lilley.

–Estás enamorado de la señorita Bianchi, ¿no?

Él apretó la mandíbula.

–Ya te lo dije. El matrimonio es una alianza mutuamente beneficiosa. El amor no tiene nada que ver con ello.

–Pero no querrás pasar el resto de tu vida sin amor, ¿no? –varios mechones de pelo le cayeron sobre la cara mientras hablaba–. ¿No es así?

Un trueno ensordecedor abrió el cielo sobre ellos. Alessandro oyó las exclamaciones de los invitados, provenientes de la piscina. Todos echaron a correr hacia el interior de la casa.

–Dime lo que tengas que decir y luego vete.

Lilley parpadeó y después bajó la vista.

–Es difícil. Más difícil de lo que pensaba.

La lluvia empezó a caer con más fuerza. Alessandro se fijó en una gota de lluvia que le cayó sobre la mejilla y se deslizó hasta sus labios llenos y carnosos. Ella se lamió los labios de forma inconsciente. Tenía que sacarla de allí antes de hacer algo irremediable y estúpido. ¿Por qué había tomado aquello que no le pertenecía por derecho?

–Cometí un error seduciéndote –le dijo en un tono bajo–. Siento haberte tocado.

Ella levantó la vista. Sus ojos estaban llenos de tristeza.

—¿Fue tan terrible?

Un nudo de dolor le atenazó la garganta. Por primera vez en diecinueve años, había encontrado un corazón que no quería romper y, sin embargo, allí estaba, rompiéndolo.

—Tu primera vez debería haber sido algo especial, con un hombre que te amara, un hombre que se casara contigo algún día. No debería haber sido una aventura de una noche con un hombre como yo.

—No es para tanto —ella trató de sonreír—. Y fueron dos noches.

Alessandro casi se estremeció al recordar aquellas noches maravillosas; su sabor, el tacto de su piel...

—Encontrarás a otra persona.

Ella le miró fijamente.

—Es por eso por lo que me mandas a Nueva York.

Un trueno desgarrador rugió a su alrededor.

—¿Sabías que había sido yo?

—Claro que sí —le dijo ella, mirándole con una sonrisa. Tragó en seco y se puso recta. El agua de lluvia empezaba a calarle el pelo, la ropa... La camiseta y la falda empezaban a pegársele a la piel.

—Gracias por conseguirme ese empleo. Has sido muy amable.

Su espíritu generoso solo le hizo sentirse peor a Alessandro. El corazón se le salía del pecho de tanto dolor. Apretó aún más los puños.

—No fue por amabilidad, maldita sea. Quería alejarte de mí porque me voy a casar. Y no lo hago por amor. La empresa de su padre es un valor añadido. Pero cuando pronuncie mis votos, seré fiel a mi esposa.

Lilley buscó su mirada.

—¿Y si yo fuera una heredera, igual que ella? —susurró—. ¿Me elegirías en vez de elegirla a ella?

Alessandro contuvo el aliento. Y entonces sacudió la cabeza lentamente.

–Tú nunca encajarías en mi mundo –levantó la mano–. Eso destruiría todo lo que yo admiro más. Todo lo que es bonito y alegre.

Alessandro se detuvo justo antes de tocarle la mejilla. Otro trueno infernal sacudió el firmamento.

–Olivia será la esposa perfecta –le dijo él, soltándole la mano bruscamente.

–No puedo dejar que te cases con ella. No sin saber lo que... Lo que... –se lamió los labios–. Lo que tengo que decirte.

El traje de Alessandro ya estaba completamente empapado. Estaban a solas en aquel jardín tan verde, bajo aquel cielo negro. El aroma a lluvia bañaba las hojas, la tierra, y las coloridas buganvillas que se enroscaban a capricho por el estuco de la casa.

Y de repente, mirando aquellos profundos ojos marrones, Alessandro supo lo que iba a decir.

–No –le dijo–. No lo digas.

Ella vaciló, asustada. Tenía toda la ropa pegada a la piel. La silueta de sus pechos se marcaba por debajo de la camiseta, sus duros pezones...

–No, *cara* –le puso un dedo sobre los labios y le limpió el agua de la cara con las yemas de los pulgares–. Por favor –susurró–. No digas las palabras. Déjalo así. Puedo ver tus sentimientos en tu cara. Ya sé lo que hay en tu corazón.

Lilley levantó la vista. Parecía sin aliento. La lluvia empezó a caer con más fuerza. Alessandro se dio cuenta de que le sujetaba las mejillas con ambas manos. Sus labios sonrosados y carnosos estaban a unos centímetros de distancia. De repente sintió que no podía respirar. Deseaba acorralarla contra los setos y comérsela a besos.

Haciendo uso de todo el autocontrol que tenía, Alessandro dejó caer las manos y retrocedió.

–Vete a Nueva York, Lilley.

—Espera —dijo ella, casi ahogándose al verle dar media vuelta—. No puedes irte. No hasta que te diga...

Él se volvió hacia ella. Su expresión era de hielo.

—No luches contra mí. No podemos volver a vernos. No hay nada que puedas decir que me haga cambiar de opinión.

Ella respiró hondo.

—Estoy embarazada —susurró.

Capítulo 6

LOS TRUENOS caían sin cesar de un cielo negro, sacudiendo la tierra bajo sus pies. Lilley contuvo el aliento y esperó su reacción.

Las luces que colgaban de las ramas por encima de los setos arrojaban sombras fantasmagóricas sobre el rostro anguloso de Alessandro.

—Embarazada.

—Sí —le dijo ella.

Un relámpago iluminó sus ojos negros. Dio un paso hacia ella.

—No puedes estarlo.

—Lo estoy.

—Usamos protección.

Ella abrió los brazos en un gesto de impotencia.

—Hubo una vez que no, en la ducha.

—No —él respiró hondo.

—Pero...

—No —se revolvió los cabellos y dio tres pasos a un lado y a otro.

Lilley le observó con un sentimiento creciente de desesperación. Su cuerpo estaba frío, calado hasta los huesos. Se rodeó el cuerpo con los brazos, tratando de conservar un poco de calor.

—No pasa nada.

Él dejó de andar.

—¿Qué?

El amor siempre era un regalo, aunque no fuera correspondido.

Miró a Alessandro, tan guapo y sexy con aquel traje carísimo y empapado. Tenía el pelo pegado a la frente y alborotado. Una profunda compasión por él, por ese hombre al que casi había llegado a amar, le llenó el corazón, haciendo a un lado la tristeza por el marido y padre que nunca podría llegar a ser. Respiró hondo.

–Nada tiene que cambiar para ti.

La expresión de Alessandro se volvió casi siniestra y ominosa.

–¿Qué?

–Desde el principio me dijiste que nuestra aventura solo sería eso, un escarceo de un día –sacudió la cabeza–. No espero que me ayudes a criar al bebé. Pensé que deberías saberlo.

Los ojos de Alessandro se volvieron más negros que nunca. Los músculos de su poderoso cuerpo se tensaron.

–Si no esperas que crie a tu hijo, ¿qué es lo que esperas de mí exactamente?

Ella parpadeó.

–¿Qué?

–¿Qué es lo que quieres? ¿Una casa? ¿Dinero?

Sus palabras eran duras, pero ella veía el temblor de su cuerpo bajo la lluvia. De repente se preguntó con qué clase de gente había vivido toda su vida para que su primer pensamiento tras enterarse de que estaba embarazada fuera el dinero.

–No necesito nada –le dijo ella tranquilamente–. Gracias por darme dos noches que nunca olvidaré. Gracias por creer en mí. Y sobre todo... –le dijo en un susurro–. Gracias por darme a este bebé... Espero que tengas una vida llena de alegría. Nunca te olvidaré –dio media vuelta–. Adiós.

Echó a andar hacia la casa. Las sandalias se clavaban en la hierba húmeda, el corazón se le rompía a cada paso. De repente sintió una mano en el hombro que la hizo darse la vuelta. Él la miró fijamente durante unos segundos sin decir nada. Sus ojos ardían de rabia.

–¿Crees que puedes decirme que estás embarazada... e irte así como así?

Lilley contuvo el aliento. De repente sintió pánico.

–No hay razón para que me quede.

–¿No hay razón? –repitió él, casi gritando. Aflojó un poco la mano con la que le sujetaba el brazo–. Si realmente estás embarazada de mí, ¿cómo puedes dar media vuelta e irte sin más? ¿Cómo puedes ser tan fría?

–¿Fría? ¿Qué quieres de mí? ¿Quieres que me postre ante ti y te bese los pies, suplicándote que nos quieras a mí y al bebé? ¿Rogándote?

–¡Eso por lo menos tendría sentido!

–¡No puedo cambiar lo que eres! –exclamó ella y entonces respiró hondo–. Me has dejado muy claros tus sentimientos. Quieres una esposa de la que puedas estar orgulloso. Quieres a Olivia. ¡Y me quieres a miles de kilómetros de ti!

–Eso era antes –le dijo él, bajando la voz.

–Nada ha cambiado.

–Todo ha cambiado, si el bebé es realmente mío.

Lilley tardó unos segundos en entender la dimensión de lo que acababa de decir.

–¿Crees que iba a acostarme con otro hombre y después decirte que el hijo es tuyo?

Alessandro estaba tan rígido que parecía una estatua de piedra.

–A veces pasa –le dijo él–. Podrías haber vuelto con el diseñador de joyas. Podrías haberte quedado embarazada accidentalmente y haber decidido sacarle rentabilidad.

–¿Sacarle rentabilidad? ¿Cómo?

Él buscó su mirada.

–¿Juras que me estás diciendo la verdad? ¿El niño es mío?

–¡Claro que es tuyo! ¡Eres el único hombre con el que me he acostado en toda mi vida!

–Quiero una prueba de paternidad.

–¿Qué?

–Ya me has oído.

Aquel insulto era demasiado.

–Olvídalo –susurró ella–. No voy a hacer ninguna estúpida prueba de paternidad. Si confías tan poco en mí, si crees que podría mentir en algo así, entonces olvídalo.

Temblando, dio media vuelta y se marchó. Amargas lágrimas corrían por sus mejillas, mezclándose con la lluvia. Estaba en mitad del jardín cuando él la hizo detenerse. Esa vez su expresión era muy diferente.

–Lo siento, Lilley –le dijo tranquilamente–. Sí que te conozco. Y no me mentirías.

Sus miradas se encontraron. Ella soltó el aliento y los nudos que le atenazaban los hombros se soltaron.

–Cásate conmigo.

Lilley oyó el rugido de su propio corazón por encima del repiqueteo de la lluvia.

–¿Es una broma?

Él esbozó una media sonrisa.

–Yo nunca bromeo. ¿Recuerdas?

Lilley sintió que la cabeza le daba vueltas. Nunca había esperado que le propusiera matrimonio... Ni siquiera en sus sueños más peregrinos.

–¿Quieres... casarte conmigo?

–¿Te sorprende tanto? ¿Qué esperabas? ¿Que me deshiciera de ti y de nuestro hijo y le propusiera matrimonio a otra mujer?

Mordiéndose el labio inferior, Lilley levantó la vista y contempló las duras líneas de su rostro.

–Bueno... sí.

–Entonces no me conoces en absoluto.

–No –susurró ella–. Supongo que no –de repente se

sintió mareada. El viaje en el viejo coche de Nadia hasta Sonoma había sido una odisea. Estaba tan nerviosa...

¿Y él quería casarse con ella? Se lamió los labios. Casi tenía ganas de llorar.

—¿Quieres ayudarme a criar a nuestro bebé?

Alessandro apretó la mandíbula.

—Os protegeré a los dos. Le daré mi nombre al bebé. Es mi deber.

El corazón de Lilley, que llevaba un rato flotando en el aire, se estrelló de repente. ¿Su deber? Soltó el aliento bruscamente.

—No tienes que casarte conmigo para implicarte en la vida de nuestro bebé.

—Sí que tengo que hacerlo.

—¿Por qué?

—Porque es necesario.

—Eres muy anticuado.

—Sí.

—¡Pero tú no me quieres!

Él cruzó los brazos.

—Eso no tiene importancia.

—¡Para mí sí que la tiene! –dijo ella, soltando el aliento y apretando las manos–. Escucha, Alessandro, nunca te impediré ver a tu hijo.

—Sé que no, una vez estemos casados.

—¡No voy a casarme contigo!

—Claro que sí –le dijo él con frialdad.

Ella sacudió la cabeza. Mechones de pelo mojado le daban contra la cara.

—¿Soportar un matrimonio sin amor durante el resto de mi vida? No, gracias.

—Lo entiendo. Todavía quieres a tu príncipe azul –Alessandro apretó la mandíbula–. Pero fuera lo que fuera lo que hubiéramos planeado para nuestras vidas, se acabó. Estamos esperando un bebé. Nos casaremos.

—No. ¡Seríamos muy infelices!

–¿Infelices? –repitió él en un tono de incredulidad–. ¿No lo entiendes? Serás mi esposa. Una princesa. ¡Más rica de lo que jamás soñaste!

–No me importa. ¡No lo quiero! No cuando sé que no me quieres y que nunca lo harás.

Él la agarró de los hombros. Sus manos se deslizaron sobre su piel húmeda.

–¿Le negarías a tu hijo el derecho de tener un nombre por una estúpida fantasía adolescente?

–No es una fantasía adolescente –ella cerró los ojos. De repente le escocían–. Eres cruel.

–No. Tengo razón –le dijo él con contundencia–. No tienes motivos para rechazarme –hizo una pausa–. Incluso te seré fiel, Lilley.

Pronunció aquellas palabras como si serle fiel fuera a ser un gran sacrificio, mucho más de lo que un príncipe millonario podía soportar. Y probablemente tenía razón.

–Vaya, gracias –le dijo ella con sarcasmo, fulminándole con la mirada–. Pero no tengo intención de ser tu esposa por compromiso.

–¿Te molesta que yo lo vea como un deber? –aguzó la mirada–. ¿Qué crees que es el matrimonio?

–Amor. Amistad. Apoyarse el uno en el otro. Una unión poética de almas gemelas.

Él la agarró con más fuerza.

–¿Y pasión? –le dijo en un susurro–. ¿Qué pasa con la pasión?

Lilley sintió que se le caía el alma a los pies. Sentía su calor, su fuerza, su poder irresistible. Aunque no quisiera, le deseaba.

–Lo que ha habido entre nosotros ha sido bueno –deslizó las yemas de los dedos sobre su mandíbula y el pulgar sobre su labio inferior. Su tacto suave prendió una chispa de fuego que la recorrió por dentro y la hizo contener el aliento–. Ya sabes cómo fue.

Lilley se vio invadida por un aluvión de recuerdos de aquella noche, cuando habían hecho el amor. Los pechos le pesaban, los pezones le dolían. Tragó con dificultad.

–Solo fue una aventura de una noche –dijo–. Lo has dicho tú mismo. No soy la mujer adecuada para ser tu esposa.

–Mi punto de vista ha cambiado –él le sujetó las mejillas con ambas manos. Sus ojos estaban llenos de deseo–. Durante el último mes... No he podido pensar en nada que no fuera tenerte en mi cama.

Ella se lamió los labios.

–¿Has... has pensado en eso?

–Me dije que te merecías un hombre que pudiera quererte. Pero todo ha cambiado. Ahora solo importa nuestro hijo –le miró los labios–. Pero eso es una mentira –añadió en voz baja–. Esa no es la única razón por la que quiero que seas mía. Quiero tenerte por completo. Todas las noches. Durante el resto de nuestras vidas.

Lilley apenas podía respirar.

–Pero Olivia...

–Me hubiera casado con ella por deber. No por deseo –la miró a los ojos–. Tú eres la persona a la que deseo, Lilley –se acercó a ella lenta y deliberadamente–. ¿Es que no lo sabes ya? Te deseo. Y ahora te voy a tener, para siempre.

Mientras la besaba, Lilley cerró los ojos. Su cuerpo temblaba mientras él devoraba sus labios. Su boca era dura, sus besos hambrientos... La lluvia caía sobre su piel y los truenos rugían en el firmamento tormentoso y oscuro.

Le oyó gemir y un segundo después estaba acorralada contra los setos. Sintió las ramas ásperas y húmedas contra la espalda mientras él la sostenía contra su cuerpo musculoso y duro. Empezó a tocarle el cabello, le ladeó la cabeza para besarla mejor. En el fragor de aquel beso tórrido, la ropa, húmeda, se les pegó a la piel. Sus manos la tocaban por todas partes, por encima de la camiseta de algodón, por las caderas. Le sintió meter la mano por debajo de su falda. Se la levantó por encima de los muslos. Deslizó la mano más arriba. Ella contuvo la respiración y puso su propia mano sobre la de él.

–No.

–No me rechaces –le dijo él–. Es lo que los dos queremos.

–Sí que quiero –dijo ella, jadeando–. Pero no puedo casarme contigo. Tendría que renunciar a todo aquello en lo que creo. Creo que amarte me destruiría.

–Entonces no me quieras –le acarició el cabello, mirándola con ojos serios–. Es demasiado tarde para nuestros propios sueños, Lilley –le dijo tranquilamente–. Lo único que importa ahora son los sueños de nuestro bebé.

Ella contuvo la respiración. Él tenía razón. Lo único que importaba era el bebé. Cerró los ojos.

–¿Querrás a nuestro bebé? ¿Serás un buen padre?

–Sí –dijo él sin más.

El corazón de Lilley se encogió de emoción. Respiró hondo, una vez y después otra. Y entonces renunció a sus sueños de amor.

–Puedo aceptar... un matrimonio sin amor –le dijo y sacudió la cabeza–. Pero no puedo aceptarlo sin confianza. Sin respeto. No voy a pasar por la humillación de una prueba de paternidad. O crees lo que te he dicho... o nos dejas marchar.

Mirándola, Alessandro asintió con la cabeza lentamente.

–Muy bien, *cara* –le dijo en voz baja–. De acuerdo.

–Entonces me casaré contigo –le dijo, tragándose el dolor que tenía en la garganta.

Alessandro retrocedió.

—¿Lo harás?

Poco a poco empezó a amainar. Un rayo de luz asomó entre las nubes, tiñendo de dorado su bello rostro.

—¿Serás mi esposa?

Sin decir ni una palabra, ella asintió con la cabeza.

Los ojos de Alessandro se iluminaron y sus labios esbozaron una sonrisa radiante que lo hacía parecer más joven, casi un niño. Nunca le había visto así. Mientras Lilley le observaba, el rugido de la tormenta se fue alejando poco a poco.

A lo mejor todo salía bien, después de todo. A lo mejor se podía empezar un matrimonio con pasión y un bebé.

Lilley rezó por que así fuera, pues eso era todo lo que tenían.

Capítulo 7

EL CABELLO de Lilley flotaba al viento. Alessandro conducía su descapotable de lujo a través del enorme y solitario desierto de Nevada. La noche era fría. No podía dejar de mirarle al volante. La luz de la luna teñía de plata su cabello oscuro.

La fiesta había terminado con un escándalo. Alessandro le había dicho a Olivia que se había dejado llevar por las revistas de sociedad y que en realidad sí tenía intención de casarse con Lilley. Airada y ofendida, Olivia se había marchado de la fiesta haciendo todo el drama posible.

–Te arrepentirás de esto –le había dicho antes de marcharse a Lilley, clavándole las uñas en la piel del brazo–. Puede que lleves a su hijo en el vientre, maldita escoria, pero no mereces ser su esposa. Crees que me has derrotado, pero encontraré la manera de destruirte.

Dando media vuelta, la espectacular rubia se había marchado sin más, bien erguida y desafiante. Después Alessandro había anunciado el compromiso y presentado a Lilley ante todos. Los invitados les habían dedicado una oleada de aplausos y «enhorabuenas», pero ella había sentido en todo momento sus miradas confusas, como si se preguntaran por qué un hombre como Alessandro la había escogido a ella como su futura esposa.

–Nos fugamos a Las Vegas –había anunciado después con una sonrisa pícara–. Esta noche.

Lilley había contenido el aliento, al igual que todos los demás. Irían a Las Vegas en coche, porque su jet privado estaba de camino hacia San Francisco después de haber repartido un cargamento de víveres para una comunidad que se había visto afectada por un huracán.

–Estaremos casados mañana por la mañana –le había dicho después de librarse de los invitados–. A menos que quieras esperar a que tu padre pueda asistir a la ceremonia.

Al oír aquellas palabras, Lilley había sentido un cosquilleo en la nuca, sabiendo que tenía que decirle la verdad acerca de su familia antes de casarse con él.

Sacudió la cabeza.

–No. No quiero que venga mi padre. Y creo que tú tampoco. No nos llevamos muy bien. Ni siquiera sé si me quiere –respiró hondo–. Y hablando de eso, hay algo que debo decirte. Antes de casarme contigo.

–No es necesario –le dijo él. Su expresión se volvió fría de repente, hermética–. Ya sé lo que vas a decirme.

¿Alessandro sabía quiénes eran los miembros de su familia? Lilley se quedó boquiabierta.

–¿Lo sabes?

Él asintió. Sus ojos parecían implacables.

–No tiene sentido hablar de ello, porque no puedo hacer nada para cambiarlo.

Ella se mordió el labio inferior.

–Entonces... ¿Me perdonas? –susurró.

–Sí –dijo él y luego sacudió la cabeza–. Pero nunca podré amarte.

Lilley no estaba preocupada por eso en ese momento. Lo que realmente le inquietaba era la posibilidad de que pudiera odiarla. Una oleada de alivio la sacudió por dentro. Él sabía su secreto. Sí lo sabía. De repente se sintió tan feliz que casi era como estar borracha. Probablemente lo había sabido desde el principio. Alessandro Caetani era un rival brillante, y era por eso por lo que era el mayor enemigo de su primo. Alessandro conocía bien el negocio. Incapaz de contener un sollozo de alegría, le rodeó con los brazos.

Sorprendido, él hizo lo mismo.

–Pediré que te hagan la maleta y que te la lleven a Las Vegas. No hay necesidad de llevar ropa. Ya compraremos algo allí.

–Necesito mis materiales para las joyas, las herramientas, y la manta que me hizo mi madre.

–Tienes pasaporte, ¿no?

–Sí.

Tenía un pasaporte lleno de sellos de aeropuertos franceses, pero ya no tendría que escondérselo.

–¿Por qué necesito un pasaporte?

–Tengo una casita en Sardinia –sonrió–. Una casa de campo perfecta para una luna de miel.

Viajaron toda la noche, a través del inmenso desierto. Algunas veces, en mitad de la noche, ella se había quedado dormida contra su hombro.

Cuando llegaron a Las Vegas, Alessandro la despertó con un beso en la frente.

–Bienvenida a nuestra boda, *cara* –susurró.

Ella abrió los ojos. La clara luz de la mañana asomaba por encima de las montañas.

Se alojaron en una suite del ático del lujoso Hermitage Hotel and Resort. Alessandro pidió un bufé privado para dos personas y cinco camareros les llevaron carritos repletos de exquisitos manjares para degustar; tortillas, gofres, tostadas, rebanadas de beicon, sandía, macedonia de frutas, filetes de pollo... Después Alessandro la acompañó a una carísima boutique de novias que estaba en la planta baja del hotel. Escogió un esmoquin y le compró el primer traje de novia en el que Lilley se fijó.

–¡No puedes! –exclamó Lilley cuando vio la etiqueta del precio.

Él levantó una ceja y le ofreció una sonrisa.

–Sí que puedo.

Recogieron sus licencias de matrimonio en el centro de la ciudad y luego volvieron a la suite, donde ya les habían dejado junto al gran piano de cola el ramo de novia y la flor para la solapa del novio. Aquello era como un sueño. Hicieron el amor sobre la enorme cama desde la que se divisaba la mejor vista de Las Vegas Strip, y volvieron a hacerlo en la ducha antes de cambiarse de ropa. Y más tarde, cuando Alessandro vio a Lilley con el traje de novia, se la llevó una última vez a la cama.

Lilley se sentó sobre él y le cabalgó mientras él se sujetaba del cabecero. Su collar rebotaba suavemente contra sus pechos hinchados con cada embestida. Después de la tercera batalla sexual de la tarde, él besó las cuentas de color rosa del collar y la cadena de latón.

–Cualquier hombre pagaría una fortuna por tener un collar como ese para su esposa –le dijo. Su expresión cambió de repente–. Es una pena que...

–¿Qué?

Él soltó el aliento.

–Nada –la agarró de la mano y la hizo levantarse de la cama–. Vamos a casarnos antes de que volvamos a distraernos.

Dos horas después de la hora establecida, se casaron por fin, rodeados de velas blancas en la capilla privada del hotel. Nikos Stavrakis, un viejo conocido de Alessandro y dueño del hotel, fue el único testigo.

Y así sin más... Lilley se convirtió en una princesa. Vestida con el traje blanco que su esposo le había comprado, subió a bordo del jet privado, rumbo al Mediterráneo.

Ya en el avión, Lilley encontró los artículos que el personal le había preparado. La bolsa con sus objetos personales era realmente pequeña; solo contenía la manta de su madre, sus herramientas para hacer joyas y una nota de Nadia en la que le deseaba todo lo mejor:

Jeremy se viene a vivir conmigo. ¡Sé que no te importará porque ahora eres una princesa felizmente casada! ¡No me puedo creer que te hayas casado con el príncipe Alessandro! ¡Ahora serás famosa!

Mientras el jet sobrevolaba el país, rumbo al Atlántico, Lilley se quedó dormida sobre un butacón, asiendo la manta de su madre. Cuando se despertó, Alessandro la estaba observando desde una silla cercana.

–Siempre cuidaré de ti –le susurró, inclinándose hacia delante. Sus ojos eran muy oscuros–. Quiero que lo sepas. Y siempre cuidaré de mi hijo.

Ella se incorporó, sujetando la manta.

–Cuidar de nosotros. Pero no demasiado –esbozó una leve sonrisa–. Mi padre trató de protegerme de un mundo para el que no me creía preparada. Si no llega a ser por mi madre, nunca me hubiera dejado salir de la casa.

–Y es por eso por lo que quería que te casaras con uno de sus empleados –esbozó una sonrisa triste–. ¿Cuándo le vas a decir que nos hemos casado?

Ella apartó la vista.

–No lo sé. Es... complicado.

–Lo entiendo –él bajó la vista–. Mi padre se casó con mi madre por dinero, y después se lo gastó todo en sus amantes. No hacía más que restregárselo por la cara. Él era de los que pensaban que los preservativos eran para los débiles. Dejó una larga lista de bastardos por todo el mundo.

Lilley tomó aliento.

–Oh, Alessandro...

Él levantó la vista. Su hermoso rostro era casi estoico.

–Murió cuando yo tenía diecinueve años. No nos dejó más que deudas. Mi madre se hubiera muerto de hambre en la calle si yo no hubiera empezado a trabajar. Cuando murió, hace cinco años, vivía en un palacio de Roma, tal y como yo le había prometido –Alessandro soltó el aliento–. Lo que trato de decirte es que a partir de ahora no tienes nada de qué preocuparte. Yo siempre cuidaré de ti.

Ella se tragó las lágrimas y trató de esbozar una sonrisa. Se inclinó adelante y le acarició la cara.

–Cuidaremos el uno del otro.

Él volvió la mejilla hacia la palma de su mano y después puso su mano sobre la de ella.

–No te arrepentirás de renunciar a tus sueños para casarte conmigo. No soy un príncipe azul, pero te trataré como a una reina. No tendrás tu propio negocio, pero yo trabajaré duro por el niño y por ti. Te daré todas las joyas que puedas desear.

Frunciendo el ceño, Lilley retiró la mano.

–¿Qué quieres decir con lo de renunciar a mi sueño de tener un negocio?

Él la miró fijamente.

–No tendrás tiempo de hacer una carrera. Ya no. Tu función será ser mi esposa, y criar a nuestro hijo.

–¿Y me dices esto ahora? ¿Después de casarnos?

–Yo creía que sería obvio –le dijo él, poniéndose tenso.

–No –susurró ella–. Sabías que me enfadaría, y es por eso por lo que has esperado hasta ahora –trató de calmar la voz–. Nunca accedí a renunciar a mi sueño.

Él la miró a los ojos.

–Si ese sueño hubiera significado algo de verdad para ti, hubieras hecho algo al respecto hace mucho.

Lilley abrió mucho los ojos. Respiró hondo. Él tenía razón. Podría haber tenido su negocio muchos años antes, pero en vez de eso, se había dejado paralizar por el miedo y había perdido un tiempo precioso.

–El dinero ya no volverá a ser un problema para ti –le dijo Alessandro–. Yo te daré todo lo que quieras –le ofreció una sonrisa–. Y si quieres hacer joyas, como hobby, para entretenerte, no tengo nada que objetar.

–Qué generoso de tu parte –le dijo ella.

Él la fulminó con la mirada y luego apretó la mandíbula.

–Una vez te hayas acostumbrado a ser mi esposa, a ser la madre de mi hijo... ya veremos... –añadió con reticencia. Le acarició la mejilla con la mano–. Quiero que seas feliz, Lilley. Y haré todo lo que pueda para que así sea.

Al sentir la textura de su mano sobre el rostro, la ternura que había en su mirada, Lilley suspiró. Todo saldría bien. De alguna manera, aquello iba a funcionar.

–Y yo quiero hacer lo mismo por ti –le dijo.

Él esbozó una sonrisa maliciosa.

–Ah, pero tú ya me has hecho muy feliz –le dijo–. Me haces feliz a cada momento –le susurró, inclinándose para besarla. Se detuvo a unos centímetros de ella–. Solo prométeme que nunca me mentirás.

–Nunca te mentiré –prometió Lilley, y lo decía de verdad, con todo el corazón.

–Io bacio.

–Io bacio –repitió Lilley, balanceando un libro sobre su cabeza.

De pie junto a la ventana, contemplando las aguas azules de Costa Smeralda, el profesor italiano sonrió.

–Tu baci –repitió Lilley sin aliento, cruzando la estancia subida a unos tacones de diez centímetros–. *Lui bacia.*

Mientras Lilley repetía todas las conjugaciones de *baciare,* no podía evitar sonreír. Su profesor había escogido el verbo «besar» a propósito, un guiño a su condición de recién casada. Aunque los pies le dolieran con esos zapatos tan caros, se sentía extrañamente feliz. Sí. Le dolía la cabeza después de una intensa jornada aprendiendo normas de etiqueta, por no hablar de las clases de italiano, en las que no solo aprendía a decir «tenedor», sino también a distinguir entre uno para ensalada y otro para postre. Pero... estaba feliz.

–*Molto bene* –dijo el profesor por fin, satisfecho.

–Aprende usted muy rápido, *principessa* –le dijo la mujer suiza que le daba clases de comportamiento y conducta. Trabajaba en un famoso internado de Los Alpes.

–*Grazie* –dijo Lilley, riendo. Era la primera vez que le decían algo así. Por suerte, no tenía que leer. Solo se trataba de escuchar, repetir y practicar.

Su marido les había dado instrucciones muy precisas a los profesores.

Su marido...

Después de toda una semana en la preciosa mansión de Sardinia, siete dulces días siendo la esposa de Alessandro Caetani, Lilley seguía adorando la palabra «marido». Miró el reloj discretamente. El libro casi se le cayó de la cabeza. Ya casi eran las cinco de la tarde. Su momento favorito del día.

El profesor de italiano siguió su mirada y asintió.

–Hemos terminado –le dijo–. *Buona sera, principessa*.

Madame Renaud le quitó el libro de la cabeza.

–*Bonsoir, principessa... et merci* –dijo y salió detrás del profesor.

Principessa... Otra palabra que todavía le sonaba exótica y extranjera. Nada que ver con lo que ella era...

En cuanto se quedó sola, Lilley subió al piso superior tan rápido como le permitió su apretada falda de tubo color beige. Se dirigió hacia el dormitorio. Sus tacones altos repiqueteaban contra el suelo a medida que avanzaba por el pasillo. Al pasar por delante de una ventana, su mirada reparó en el azul del Mediterráneo, la arena blanca. Una semana antes le hubiera sido difícil localizar la isla de Sardinia en el mapa, pero en ese momento estaba encandilada con aquel lugar, porque Costa Smeralda, la costa verde de la isla, era el lugar más hermoso y alegre que había visto jamás. Abrió la puerta del dormitorio. Casi esperaba encontrarse a Alessandro, desnudo sobre la cama, con una joya en la mano. Parecía que disfrutaba regalándole todas esas piezas carísimas, y ella siempre las aceptaba de buen grado, aunque en realidad tampoco eran muy de su gusto... Pasar tiempo con él en la cama, en cambio... Era extraordinario. Nunca podría cansarse de ello. Sin embargo, ese día el dormitorio estaba vacío. Y también el estudio en el que Alessandro había tenido reuniones con los directivos de Roma durante casi todo el día. Mirando por la ventana, le vio caminando junto a la piscina, con el móvil en la mano. Conteniendo una risita maliciosa, se puso un diminuto bikini y se miró en el espejo. Era curioso pensar que poco tiempo antes se sentía acomplejada de su cuerpo rellenito y voluptuoso... Contempló el rutilante diamante de diez quilates de su anillo. Él se lo había comprado en la joyería de Caetani de Las Vegas, como si el medio millón de dólares que había costado no fuera nada para él.

Las palmeras se mecían al viento, arrojando caprichosas sombras obre Alessandro... Lilley fue hacia él, meneando las caderas. Pero él no levantó la vista. Siguió mirando al frente, a la pantalla. Ella rodeó la silla, y se inclinó sobre él para masajearle los hombros.

–Hola.

–*Buon pomeriggio, cara* –le dijo él, tecleando sin levantar la vista.

–¿*Buon pomeriggio? Buona sera.*

Todavía distraído, Alessandro levantó la vista hacia ella y entonces vio lo que llevaba puesto. Sus ojos le delataron enseguida. Cerró el ordenador de golpe.

–*Buona sera* –contestó con interés–. Tu italiano mejora por momentos.

–Siempre me ha interesado tu lengua nativa –le dijo ella, con una sonrisa sugerente. Cuando le vio mirarle los pechos un instante, desvió la mirada hacia la pantalla del ordenador–. Siento haberte interrumpido. ¿Habías terminado?

–Ahora sí –le dijo él. Echó a un lado el ordenador, la hizo sentarse sobre su regazo y la besó con pasión. Mientras sentía sus cálidos labios, Lilley sintió que se derretía por dentro. Cerró los ojos y aspiró su aroma embriagador. Notando su calor contra la piel, se sentía intoxicada de placer.

Solo había una cosa que la preocupaba un poco... La noche anterior la había llevado al pueblo para cenar y después habían dado un paseo por aquellas calles estrechas, sinuosas y encantadoras. Lilley casi había creído que iba a morir de tanta felicidad. Y después habían pasado por delante de un pub. Ella había tratado de convencerle para entrar. Un intermitente goteo de parejas salía bailando del local. Pero él se había negado.

–No sé bailar. Ya lo sabes –le había dicho.

–Oh, por favor –le había dicho ella–. ¡Solo esta vez!

Pero él se había negado. Excepto cuando estaban en la cama, Alessandro jamás se permitía hacer nada que pudiera hacerle parecer ridículo y estúpido. No bailaba. No jugaba. No retozaba en la piscina.

Pero eso estaba a punto de cambiar. Ya era hora de que aprendiera a dejarse llevar. De forma juguetona, Lilley se alejó de él.

–Necesito refrescarme un poco.

Fue hacia los escalones de la piscina y se sumergió poco a poco, contoneando las caderas. Se adentró más y más hasta que el agua le llegó hasta los pechos, sin llegar a cubrírselos del todo. Y entonces miró a Alessandro por el rabillo del ojo. Él la observaba. Con un suspiro suave e inocente, se sumergió del todo y echó a nadar dando brazadas suaves y sensuales. Salió en el borde de la piscina, al pie de la silla de Alessandro.

–Ven conmigo –le dijo ella, sonriéndole.

Bajando la vista hacia ella, Alessandro sacudió la cabeza lentamente.

–No. No es lo mío.

Lánguidamente, Lilley metió la cabeza en el agua de nuevo, echándose hacia atrás. Sintió su mirada ardiente al volver a emerger. Gotas de agua le corrían por la piel, por el cuello, los brazos, los pechos... Estiró los brazos por encima de la cabeza y empezó a moverse perezosamente contra el agua cristalina.

–Ven conmigo –volvió a decirle.

Parecía que Alessandro tenía problemas para respirar. Relamiéndose, negó con la cabeza.

Lilley volvió a sumergirse y permaneció abajo durante unos segundos. Cuando volvió a salir por fin, él casi se había levantado de la silla, como si acabara de llevarse una sorpresa. Ella nadó hasta el borde de la piscina. Tenía una sonrisa sensual en los labios. Apoyándose en el borde, le tiró algo a los pies. Era el bikini.

–Ven conmigo.

Alessandro la miró. Entreabrió los labios. Ella le oyó respirar entrecortadamente.

Y entonces se movió. Lilley jamás hubiera creído que alguien pudiera moverse tan rápido. Vestido con unos vaqueros viejos y una camiseta blanca, se tiró al agua de golpe, aterrizando justo a su lado. El agua salió disparada en todas direcciones, salpicándola en la cabeza, los hombros... Él emergió de inmediato, como un dios griego que sale de las profundidades. La camiseta, empapada, y translúcida, se le pegaba a la piel de los hombros, los pectorales, abdominales...

Tras nadar hacia ella, se agarró al borde de la piscina con una mano, y con la otra la atrajo hacia sí sin decir

ni una palabra. Bajando la cabeza, la besó con fervor.
Mientras sus labios la besaban, su lengua jugaba. Lilley
tuvo que agarrarse al borde de la piscina para no perder
el equilibrio. Manteniéndose a flote con sus poderosas
piernas musculosas, le sujetó el rostro con ambas manos
y empezó a besarla con más fuerza. Se hundieron mo-
mentáneamente y entonces salieron a la superficie.
Asiendo el borde de la piscina, escupieron un poco de
agua. Se miraron, flotando en el agua. Alessandro la
acorraló contra el borde de la piscina, poniendo sus grandes manos sobre las de ella. La besó ciegamente, explorando su boca.

–*Mi piace stare con te* –le susurró.

«Me encanta estar contigo...».

–*Baciami* –le dijo ella.

«Bésame...».

Reprimiendo un gruñido, Alessandro se volvió dentro del agua. La hizo poner los brazos alrededor de sus
hombros, la levantó sobre su propia espalda y nadó hasta
los escalones de la piscina. Podía sentir sus pechos, desnudos, contra la espalda. A medida que salía de la piscina, la ropa le chorreaba agua que corría sobre su cuerpo
perfecto. La estrechó entre sus brazos y la miró fijamente. Había una extraña expresión en sus ojos oscuros, una expresión que nunca antes había visto.

–*Mia moglie* –le dijo–. Mi dulce esposa.

La llevó al otro lado de la terraza y entró en la casa,
dejando un río de agua a su paso. Dentro de la casa, todo
estaba en silencio, oscuro. La hizo sentarse sobre la cama
de matrimonio, donde ya habían disfrutado de muchas
noches de placer interminable y arrebatador. Sin dejar de
mirarla ni un segundo, se quitó la camiseta lentamente,
dejando al descubierto un pecho musculoso y bronceado.
Lo próximo serían los boxers de seda y los vaqueros. Se
quitó las prendas mojadas de encima y las dejó sobre el
frío suelo de mármol. Desnudo, fue hacia ella.

Su beso fue ardiente y apasionado, al igual que todo lo demás en él. Su abrazo se hizo tierno y sus labios susurraron dulces palabras en italiano que Lilley solo entendía a medias; palabras que la hacían estremecerse. Él se apartó un momento y contempló su rostro en la penumbra. Ella podía oír cómo su aliento se mezclaba con el de él. Una emoción arrolladora e inexplicable creció dentro de Lilley. Levantando la mano, tocó su mejilla dura y cubierta de una fina barba.

«Te quiero».

Pero no podía decirlo en alto. No podía ser tan temeraria, o tan valiente. Alessandro le hizo el amor lentamente, tomándose su tiempo para acariciarla, lamerla y adorar cada rincón de su cuerpo, hasta que por fin llegaron a la cumbre del éxtasis, al unísono. Después se abrazaron. Durante varios minutos, él durmió, y ella le observó. Ella se volvió hacia el balcón y las cortinas se movieron suavemente en el viento. A lo lejos podía ver el resplandor de los rayos del sol, iluminando la superficie del agua como un millón de diamantes. Y ya no pudo negarlo más, ni siquiera a sí misma. Se había enamorado de Alessandro. En realidad, había estado enamorada de él desde el momento en que él la había encontrado en su despacho aquella noche de sábado, llorando a oscuras como un alma en pena.

Respiró hondo. Podía vivir con ello. Sería la esposa que él necesitaba. Mantendría la boca cerrada y se esforzaría por ser elegante y comedida. Estudiaría mucho y se pondría la ropa que él le compraba. Sería la persona que él quería que fuera si con eso se ganaba su amor.

Entonces todo merecería la pena. ¿O no? De repente sintió un escalofrío y se acurrucó contra él. En pocos minutos él se despertaría y le diría que fueran a cenar, o a lo mejor querría hacerle el amor de nuevo.

Costara lo que costara, haría todo lo posible por ga-

narse un pedacito de su corazón. Con eso sería suficiente, aunque ella le hubiera dado su corazón entero.
Cerró los ojos.

De alguna manera, tenía que conseguir su amor.

Capítulo 8

PÁRALE. Me da igual cómo, ¡pero párale!

Sentado frente a su escritorio, Alessandro casi gritó furioso antes de colgarle el teléfono a su director financiero. Se revolvió los cabellos en un gesto de impaciencia y levantó la mano para tirar el teléfono al otro lado de la habitación. Pero entonces se detuvo, asiendo el frío metal con la mano.

Soltando el aliento, dejó el teléfono con cuidado sobre la mesa. Se puso en pie y empezó a caminar delante de la ventana, maldiciendo a Théo St. Raphaël en inglés, en italiano y también en francés. Su rivalidad había empezado años antes, cuando el francés había comprado la firma italiana que estaba junto a las oficinas de Caetani Worldwide en Roma. Y la disputa se había acrecentado con el robo del acuerdo con Joyería tan solo un mes antes. Pero aquello era la gota que colmaba el vaso. Claramente, el francés estaba haciendo el paripé para hacerse con una empresa que Alessandro necesitaba para ampliar su mercado en Asia.

Alessandro gruñó. Había pasado años consolidando contactos en Tokio, con la esperanza de llegar a controlar la empresa. St. Raphaël no tenía motivos para comprar la empresa. Solo lo hacía para vengarse porque Alessandro había comprado los viñedos en Francia. Era una estratagema, una argucia para vengarse y no dejarle salirse con la suya.

Seguramente se estaba imaginando que ya tenía ganada la guerra, después de la humillación de Ciudad de

México. ¿Y por qué no iba a pensar eso? Alguien le había traicionado. El director financiero de Alessandro había descubierto por qué Miguel Rodríguez había vendido Joyería a St. Raphaël, antes que a Caetani Worldwide. De alguna manera, el francés había llegado a saber que tenía intención de cerrar el estudio de Ciudad de México y llevárselo a San Francisco. Rodríguez le había vendido el negocio para proteger los trabajos de sus empleados.

Pero, ¿cómo lo había llegado a saber St. Raphaël? Sentado frente a su escritorio, Alessandro se quedó mirando la pantalla del ordenador. Llevaba tiempo trabajando a distancia con su equipo, pero el acuerdo de Tokio se le estaba yendo de las manos y los problemas empezaban a lloverle. Tenía que terminar pronto su luna de miel y volver a Roma.

Miró por la ventana y buscó a Lilley. Eran más de las cinco de la tarde. Ella había entrado en el estudio una hora antes, pero él no había podido hacerle mucho caso. Ya llevaba casi dos días así. Había pasado unas cuantas horas en la cama la noche anterior, y después había vuelto a su estudio para discutir una posible estrategia con la oficina de Hong Kong. La noche anterior se había quedado dormido sobre el teclado del ordenador.

Alessandro soltó el aliento. Debería haber vuelto a Roma dos días antes. Quedándose en Sardinia, lejos de su equipo, lo único que hacía era anteponer a una mujer a los negocios; algo que nunca antes había hecho. Pero tampoco se trataba de cualquier mujer. Ella era su esposa.

De repente la vio en la playa. Una sonrisa se asomó a sus labios y sus hombros se relajaron al verla saltar en el agua, ataviada con uno de los bikinis que había comprado en Porto Cervo. Ese día iba de color violeta. De pronto ella se detuvo y miró hacia la casa, como si supiera que la estaba observando.

Fue a hablar con unos niños que estaban jugando a cierta distancia en la orilla. Alessandro aguzó la mirada. Reconocía vagamente a aquel niño moreno y a la niña más pequeña. Eran los hijos de unos empleados internos de la casa de al lado. Lilley se sentó en la arena junto a ellos y les ayudó a construir un castillo de arena.

La observó mientras jugaba en la playa. Estaba tan feliz, tan libre... Era tan buena con los niños... Había visto esa mirada dulce y tierna en sus ojos cada vez que le hablaba de su bebé. Ella era todo lo que un hombre podía desear en una esposa, todo lo que la madre de su hijo debía ser. Solo tenía un único defecto. Ella le amaba. Había estado a punto de confesarle su amor antes de la boda, pero él la había hecho detenerse al ver lo que estaba a punto de decir. Soltó el aliento...

Cuando estaba en el primer año de carrera en Stanford, se había enamorado locamente de una camarera de veinticinco años, y se había tomado su tiempo para cortejarla durante meses como un perfecto caballero. Pero un día Heather le había arrastrado a su apartamento y le había suplicado que le hiciera el amor. Le había dicho que no necesitaban preservativos porque ella tomaba la píldora.

—Confías en mí, ¿no? —le había preguntado con los ojos muy abiertos.

Después de tantos años esperando, el sexo había sido toda una revelación. Estaba loco de emoción. Y cuando ella se había quedado embarazada, había sido como un milagro.

Pero entonces murió su padre, dejando un rastro de deudas astronómicas. Alessandro tuvo que dejar la universidad, pensando en conseguir un empleo rápidamente para ayudar a su madre. Tenía intención de proponerle matrimonio a Heather lo antes posible. Al principio iban a ser pobres, pero él estaba dispuesto a trabajar las veinticuatro horas del día y a invertir cada centavo que ganaba. Algún día, se había prometido a sí mismo, iba a darle la vida de una princesa.

Le compró un anillo barato que casi no se podía permitir y se la llevó de picnic al parque. Pero las cosas no salieron tal y como él esperaba. Mientras él hablaba, Heather guardaba silencio y apenas comía el sándwich. Después se la había llevado a bailar, lo que más le gustaba hacer en su tiempo libre. Quería demostrarle que su vida juntos podía ser romántica y divertida, incluso sin dinero.

Pero en mitad de la primera canción, Heather se detuvo en medio de la pista de baile. Levantó la vista hacia él. Sus ojos estaban llenos de lágrimas.

–Me gustas, Alessandro –le dijo en un susurro–. Me gustas de verdad. Eres divertido y eres un amante muy generoso, pero el bebé no es tuyo. Te mentí.

–No... –Alessandro se tambaleó hacia atrás. Era como si acabaran de asestarle un buen puñetazo–. ¿No es mío?

Ella se sonrojó.

–Me decías que querías esperar a tener el amor verdadero y todo eso... Pero... Lo siento. ¡No pude pasar dos meses sin sexo! –se sonrojó y apartó la vista–. La primera noche que estuvimos juntos yo ya sabía que estaba embarazada.

La música dance retumbaba en la cabeza de Alessandro. La garganta se le había cerrado.

–Pero ¿por qué?

–Pensé que serías un buen marido. Un buen padre –ella se mordió el labio inferior–. El otro hombre está casado. Nunca se casará conmigo ni querrá criar al bebé. Pero tiene una empresa tecnológica en Cupertino. Si se lo digo, sé que me dará dinero –miró a Alessandro fijamente bajo las luces estroboscópicas–. No quiero que mi hijo sea pobre –susurró–. Lo siento mucho.

Y así, sin más, le dejó allí, en mitad de la pista.

Esa fue la última vez que Alessandro fue a bailar a
una discoteca, la última vez que se humilló delante de
alguien, la última vez que confió en una mujer.

–¿Alessandro? ¿Sigues ahí?

Se volvió en la silla. Ella estaba apoyada contra el
marco de la puerta, sacando la cadera. Sus pechos turgentes sobresalían de la diminuta parte superior del bikini. La miró de arriba abajo. Sus muslos suaves y bien
torneados, las curvas de guitarra de su cuerpo. Recorrió
sus largas piernas con la mirada y volvió a sus pechos
grandes, de embarazada. Se excitó en una fracción de
segundo.

–¿Todavía sigues trabajando? –murmuró ella, sonriendo como si no tuviera ni idea del efecto que ese con-
toneo de caderas tenía en él–. ¿Es que no has oído lo
que dicen? Si trabajas demasiado...

Alessandro se dio cuenta de repente de que su dulce
esposa se había convertido en una experta seductora en
los nueve días que llevaban casados. Sin dejar de sonreír, le puso una mano sobre el hombro y empezó a fro-
tarle el cuello.

–Yo no he dicho eso –le dijo él, devolviéndole la mirada.

–Podrías construir castillos de arena conmigo.

–Correr por ahí, retozar en el agua... No me interesa.

Ella sacudió la cabeza y le sacó la lengua.

–¿Cómo puedes tener una casa en Sardinia y no ir
nunca a la playa?

–Prefiero pasarlo bien aquí –le dijo él, atrayéndola
hacia sí–. Contigo...

Ella abrió mucho los ojos y Alessandro la sintió ren-
dirse automáticamente. Las cosas entre ellos siempre
eran así. ¿Cuántas veces habían hecho el amor desde
que se habían casado? Muchas... Pero nunca tenía bastante. Con ella nunca era suficiente.

Sujetándole las mejillas con ambas manos, le dio un

beso. Sus labios eran tan suaves, tan cálidos... su lengua ardiente era como fuego líquido. Ella se sentó sobre él a horcajadas sobre la silla giratoria. La braguita del bikini apenas le tapaba el trasero. Alessandro podía sentir el calor de su sexo contra su erección.

Besándola en el cuello, metió la cara entre sus generosos pechos, apenas contenidos dentro de aquellos diminutos triángulos de tela. Ella gimió y empezó a moverse contra él, apretándose contra él de forma casi inconsciente. Él contempló su hermoso rostro. Ella tenía los ojos cerrados, los labios entreabiertos... Su expresión era de pura alegría... Jamás podría cansarse de una mujer tan maravillosa.

Levantándola en el aire un instante, la hizo caer con fuerza sobre su miembro erecto y entró en su dulce sexo con una embestida poderosa. Gimió al llenarla por completo, hasta el fondo. Ella se puso tensa de inmediato y reprimió un jadeo de sorpresa y placer.

Él estaba muy adentro, moldeándola a su forma, y era maravilloso... Y la humedad...

«Oh, Dios mío...», exclamó para sí.

Oleadas de gozo los sacudieron a los dos y entonces él cerró los ojos. La levantó en el aire una segunda vez y volvió a empujar de nuevo. Un gruñido brutal brotó de sus labios, pero no tuvo oportunidad de hacerlo otra vez. Ella tomó el ritmo; sus pechos saltaban contra el rostro de Alessandro mientras trataba de controlar la cadencia. Él se inclinó adelante y respiró el aroma a sol y a mar. Echando a un lado uno de los triángulos del bikini, empezó a chuparle uno de sus duros pezones y con la otra mano le agarró un muslo. Ella dejó escapar un grito sofocado, echó atrás la cabeza y le cabalgó, cada vez más rápido, más duro... El placer era demasiado intenso. Él no le había hecho el amor desde la noche anterior y ya parecía que hacía un siglo de ello. Un gemido profundo escapó de los labios de ella y entonces él sintió el rebote de sus pechos en la boca una vez más. Su sexo húmedo y caliente lo succionaba cada vez más adentro, llevándoselo consigo. Alessandro trató de contenerse, pero no pudo...

Ella emitió un quejido que se hacía cada vez más intenso... Se aferró a sus hombros, clavándole las uñas en la piel. Entonces dio un grito final y Alessandro la sintió temblar a su alrededor... Justo a tiempo... Rápidamente, él se dejó llevar y se rindió a la oleada de placer que lo cubría. Fuegos artificiales bailaban tras sus párpados... Él dejó escapar el aliento bruscamente y, con un gruñido gutural, soltó todo lo que llevaba dentro.

La sujetó con fuerza durante unos minutos. Después ella se puso en pie. Alessandro se levantó también y se abrochó la bragueta. Todavía se sentía desorientado. Ella solo llevaba la parte superior del bikini, pero uno de sus pechos estaba al descubierto. Se estremeció de frío...

Él se quitó la camisa rápidamente y se la puso sobre los hombros.

—Gracias —murmuró ella, ofreciéndole una sonrisa traviesa—. Me encanta venir a verte cuando estás trabajando.

Él se echó a reír y entonces la miró de arriba abajo. La camisa le llegaba hasta la mitad del muslo.

—Estás... graciosa.

—Y tú también —le dijo ella, deslizando una mano por su pecho desnudo—. Me gusta mucho más como vas vestido ahora —añadió, esbozando una sonrisa juguetona—. ¡Perfecto para la playa!

Él parpadeó.

—¡Chica! —exclamó—. ¿Cuándo vas a parar?

—¡Cuando hagas lo que yo quiero!

—Eso no va a pasar —le dijo él, vacilante—. Ha habido una complicación, Lilley—. Tengo que volver a Roma.

—¿Qué ha pasado?

Alessandro frunció el entrecejo.

–Théo St. Raphaël.

Ella tomó aliento. Sorprendentemente, parecía comprender la gravedad de la situación sin necesidad de explicárselo.

–¿Qué... qué pasa con él?

–No le bastó con arrebatarme el acuerdo con Joyería –masculló–. Ahora va detrás del mercado asiático también. Casi como si fuera algo personal.

–A lo mejor sí que lo es –le dijo ella en un tono bajo–. No entiendo por qué los hombres tienen que pelearse por algo que ni siquiera necesitan. Tú tienes sus viñedos... Llámale... Ofrécele un intercambio. Una tregua...

–¿Es una broma? –le dijo él, sorprendido–. Quemaría mi *palazzo* antes que pedirle una tregua a Théo St. Raphaël –la miró a los ojos y su voz se relajó–. Siento que nuestra luna de miel tenga que terminar así.

Ella se lamió los labios y se encogió de hombros.

–No pasa nada. Me encanta Sardinia, pero estoy segura de que Roma también me gustará mucho. Tengo muchas ganas de ver el *palazzo*, de conocer a tus amigos.

–Lilley –su buen humor se desvaneció–. Ya hemos hablado de eso.

–Tú has hablado de ello –le dijo ella en un tono de exasperación, cerrando los dedos sobre el vello de su pecho.

–Eres mi esposa. Has jurado obedecerme.

Indignada, Lilley le miró a los ojos.

–Yo no he jurado...

–Tu lugar está en casa –le dijo él, interrumpiéndola.

–Mi casa está contigo –bajó la vista hacia sus pies desnudos–. A menos que te avergüences de mí.

Tomando sus manos, Alessandro se las llevó a los labios.

–Mis amigos no son precisamente gente sencilla y agradable. Dudo mucho que te caigan bien.

Los puños de la camisa le colgaban de las muñecas, haciéndola parecer muy joven.

–Querrás decir que no les voy a caer bien.

–Vendrán a buscarte pronto –le dijo, abrazándola suavemente–. Lo prometo –añadió y le dio el beso más tierno y dulce que jamás le había dado.

Pero ella se apartó. Sus ojos le miraban con dureza.

–No.

Él frunció el ceño.

–¿Es que no lo entiendes? Solo trato de protegerte.

–No quiero que me protejan. ¡Quiero ser tu esposa!

Él soltó el aliento y trató de mantener un tono ligero.

–Si estás cansada de Sardinia, puedo dejarte en nuestra finca de la Toscana. Podrías ver las obras de arte de Florencia, decorar la habitación del niño, aprender a hacer pan...

–¡No! –gritó ella, golpeando el suelo con los pies–. ¡Me voy a Roma contigo!

–Lilley, por favor...

–No me dan miedo tus amigos –le dijo ella.

Él guardó silencio.

–¿Qué crees que van a hacer? ¿Van a pelearse conmigo? ¿Hundirme en el lodo?

–No –dijo él tranquilamente–. Ellos serán mucho más sutiles. Atacarán cualquier debilidad que encuentren. Tus maneras, tu ropa, incluso tu dislexia.

–¿Me estás diciendo... –le preguntó ella con desprecio– que me van a hacer una prueba de lectura antes de admitirme en su pequeño club?

Tratando de no perder la paciencia, Alessandro apretó la mandíbula.

–Solo trato de mantenerte feliz y segura.

–¿Teniéndome prisionera?

Él cruzó los brazos.

–No es que estés sufriendo precisamente, Lilley. Para mucha gente, este lugar es más bien un paraíso, y no una prisión.

Ella le fulminó con la mirada.

–Y solo será hasta que termines tus clases. Hasta que estés preparada.

–¿Entonces te avergüenzas de mí?

–No seas tonta.

–No voy a dejarte en ridículo –le susurró ella. Le miró con ojos suplicantes, apretándole el pecho con las puntas de los dedos–. Por favor. No me dejes aquí sola. No puedo soportar... No puedo soportar estar lejos de ti.

Alessandro se sintió impotente ante esa mirada. Apretando la mandíbula, bajó la vista.

–Te harán daño.

–Soy más fuerte de lo que crees.

–Olivia estará allí.

Lilley guardó silencio durante un momento y entonces levantó la barbilla.

–La invitaremos a tomar el té.

Él resopló.

–Creo que eso sería pasarse un poco.

–Lo digo en serio –dijo ella, insistiendo–. Me siento culpable. Ella estaba enamorada de ti, pensó que ibas a proponerle matrimonio, y entonces nos fugamos. Le hicimos daño.

–Tú no hiciste nada –le dijo Alessandro–. Y si yo la traté mal, lo superará. Créeme. Ya encontrará a otro buen partido, alguien el doble de rico y mucho más guapo.

–Nadie es más guapo que tú –le dijo Lilley, y entonces su sonrisa se desvaneció. Apartó la vista y se mordió el labio inferior–. ¿Crees que estaba realmente enamorada de ti?

Hipnotizado, Alessandro la observó mientras se mordía el labio inferior. Sus pequeños dientes se clavaban en la carne, hinchada de tanto hacer el amor el día anterior.

–Claro que no –le dijo, volviendo a la realidad–. Pero sabía, al igual que yo, que éramos la pareja perfecta sobre el papel cuché.

Lilley se puso seria de repente, y Alessandro pensó que quizá había herido sus sentimientos con una afirmación tan sincera.

–Pero ahora te tengo a ti –le dijo finalmente.

Ella le miró con ojos llenos de esperanza y luz.

–La madre de mi precioso hijo –le rodeó la cintura con ambos brazos–. La mujer que me ha dado el mejor sexo del mundo.

Ella dejó escapar una carcajada por fin. Y entonces sacudió la cabeza, poniéndose erguida.

–Y me voy contigo a Roma.

El instinto le decía a Alessandro que no era una buena idea, pero... Al ver el anhelo que brillaba en sus ojos, no pudo negarle lo que deseaba, lo que ambos querían. Él tampoco quería estar lejos de ella.

–Muy bien, *cara* –le dijo tranquilamente–. Nos vamos a Roma.

Ella respiró hondo.

–¡Gracias! –exclamó, rodeándole con los brazos–. No te arrepentirás. Ya lo verás. Yo sabré arreglármelas muy bien. ¡No tengo miedo!

Mientras Lilley le besaba en las mejillas una y otra vez, agradecida, Alessandro casi llegó a creer que había hecho lo correcto. Él la protegería. Y ella era fuerte. Había ganado mucha confianza desde el día de la boda. ¿Qué había obrado un cambio tan grande en ella? ¿Las clases de italiano? ¿Las normas de etiqueta? Fuera lo que fuera, ella sabría cómo hacerle frente a la situación. Se estaba preocupando por nada. Después de todo, ya estaban casados, y esperaban un bebé. ¿Qué podía haber en Roma que pudiera separarlos?

Capítulo 9

ROMA... La ciudad eterna... ¿Cuál sería la palabra italiana para «desastre»?

Otra cena sofisticada y fabulosa en un elegante restaurante con los amigos de Alessandro y, otra vez, Lilley se escondía en el servicio de señoras. Desde su llegada a Roma tres semanas antes, él no había hecho más que trabajar durante horas en su despacho. Solo le veía durante las cenas con amigos y por las noches, cuando le hacía el amor de madrugada.

Los amigos siempre estaban encantados de verle, pero no estaban tan encantados con ella. Durante las dos horas anteriores, no había hecho más que estar sentada como una estatua con una sonrisa de plástico pegada a la cara mientras Alessandro y sus amigos hablaban en italiano a la velocidad de la luz y se reían sin parar.

Escondida en el aseo, Lilley se miró los zapatos de Prada de color beige que llevaba puestos. La falda del traje que llevaba le apretaba las caderas y la cintura. Ojalá no hubiera comido tanto pan... Ninguna de las otras mujeres comía pan. No. Parecía que solo se alimentaban de cotilleos y malicia.

«Solo es tu imaginación...», trató de decirse a sí misma. Las puertas del servicio se abrieron de repente. Por suerte, Lilley estaba escondida en uno de los cubículos.

–¿Te puedes creer que Alessandro se haya casado con una gorda con cara de pudin que apenas sabe leer y nunca tiene nada que decir?

Lilley se quedó helada.

—Una tragedia —dijo otra mujer—. No me puedo creer que un hombre como Alessandro se haya dejado atrapar por una cualquiera como esa, enana y estúpida.

—Bueno, yo no la llamaría estúpida —contestó la primera mujer.

Temblando, Lilley miró por la ranura de la puerta.

Giulia y Lucretia estaba paradas frente al lavamanos, pintándose los labios. Las dos eran ricas herederas que se habían casado con hombres aún más ricos que ellas. Y las dos estaban tan delgadas que parecían perchas con aquellos trajes de firma de Milán.

—Una pena —dijo Giulia, suspirando y empolvándose la nariz al tiempo que se miraba en el espejo—. Olivia debería estar con nosotros esta noche, como siempre.

—Y estará —le dijo Lucretia, tratando de consolar a su amiga. Volvió a guardar el pintalabios dentro de su diminuto bolso de cristal—. Esa buscavidas gorda se dará cuenta de que no tiene nada que hacer aquí. En cuanto nazca el crío, Alessandro se cansará de ella y la mandará de vuelta a los Estados Unidos. Y entonces volverá con Olivia, como debe ser —miró a la otra mujer—. ¿Hemos terminado?

—Creo que sí —respondió Giulia.

Sonrientes, salieron del aseo.

El golpe de la puerta reverberó en todo el servicio. Lilley entrelazó las manos; el corazón se le salía del pecho. Sentía escalofríos y no podía dejar de temblar. Era culpa suya, por haberse quedado escondida. Si hubiera salido inmediatamente del cubículo, Giulia y Lucretia no hubieran sido tan groseras. No hubieran sido tan crueles si hubieran sabido que ella estaba allí dentro, escuchando.

Pero entonces se dio cuenta de que...

Habían hablado en inglés.

—Oh... —exclamó para sí. Se apoyó contra la pared

del servicio como si acabaran de darle un puñetazo. Se miró en el espejo y vio lo poco que la favorecía aquel traje minimalista.

Salió a toda prisa. Sus zapatos de tacón alto repiqueteaban contra el suelo. Cruzó el elegante restaurante, pasando por delante de los adinerados habituales del local. Alessandro estaba sentado junto a Giulia, Lucretia y sus respectivos maridos, riéndose a carcajadas mientras las mujeres le lanzaban sonrisas cómplices y maliciosas. De repente, sintió que le fallaba el coraje. Dando media vuelta, se dirigió hacia la barra.

Un camarero muy apuesto, vestido con una chaqueta blanca, se volvió hacia ella.

–*Sì, signorina...?* –le dijo, mientras secaba vasos con un paño blanco.

Lilley miró hacia la pared, llena de botellas de licores. Era el momento perfecto para sacar coraje de la botella. Pero estaba embarazada...

–*Signorina?* –dijo el joven camarero–. *Prende qualcosa?*

Ella se frotó los ojos.

–*Acqua frizzante, per favore.*

Una mano enorme la agarró del hombro. Conteniendo el aliento, se dio la vuelta, pero no era Alessandro. Era un hombre moreno con ojos azules, un conocido de su marido que le habían presentado en una fiesta unas cuantas noches antes. Aquel magnate ruso era dueño de muchas minas de oro por el Yukon.

¿Cómo se llamaba?

–Príncipe Vladimir... Hola.

El hombre la miró con interés.

–¿Qué está haciendo aquí, pequeña? –le preguntó el hombre–. ¿Dónde está su marido? –miró a su alrededor–. No parece que se encuentre bien.

–Estoy bien. Gracias. Muy bien, de hecho –aguantando las lágrimas, se volvió hacia el camarero, que en ese momento le daba el vaso de agua–. ¡Oh, no! ¡Me he olvidado el bolso! –exclamó.

–Por favor, permítame –le dijo el príncipe, sacando su billetera. Cuando el camarero le dijo cuánto era, parpadeó, sorprendido–. ¿Tan poco?

–Solo es agua –le dijo Lilley–. Estoy embarazada.

–Ah –dijo el príncipe–. Enhorabuena.

–Gracias. No lo sabe mucha gente todavía –Lilley volvió a mirar hacia la mesa de su marido–. Créame... Si pudiera beber algo más fuerte ahora mismo, lo haría.

Vladimir siguió su mirada y enseguida lo entendió todo.

–Ah, pero no tiene nada que temer, *principessa*... –le dijo, en un tono reconfortante–. Su marido está muy enamorado. He visto cómo la mira.

–Querrá decir cómo no me mira... –repuso Lilley, sujetando el frío vaso contra su mejilla.

–Si es así, es un tonto –el príncipe puso un dedo sobre su abultado collar de cristal–. Esto es precioso. ¿Dónde lo ha comprado?

Sorprendida ante el contacto, Lilley se sobresaltó.

–Lo hice yo.

–¡Lo ha hecho usted!

Ella sacudió la cabeza.

–Alessandro no quiere que me lo ponga en Roma. Dice que a lo mejor sus amigos se ríen de mí, pero eso a mí me da igual. Se van a reír de todas formas –dijo en voz baja y se puso erguida–. Tengo que llevar por lo menos una cosa que sea realmente mía.

–Es precioso –dijo el príncipe, deslizando un dedo por la parte inferior del collar–. Es arte.

El tacto de su mano la hacía sentirse incómoda. Aunque fuera un gesto inocente, aquella situación se podía malinterpretar fácilmente. A lo mejor en ese mismo momento Alessandro los observaba, carcomido por los celos. Miró hacia la mesa, pero él seguía muy ocupado riéndoles las bromas a Giulia y a Lucretia...Vladimir siguió su mirada.

–Vamos, *principessa* –le dijo tranquilamente–. La llevaré de vuelta junto a él.

A medida que avanzaban por el restaurante, el corazón de Lilley latía cada vez más rápido. Llegaron a la mesa y las risas del grupo se ahogaron de repente. Se hizo el silencio.

–*Cara...* –Alessandro se volvió con una sonrisa–. Ya empezaba a preguntarme... –de repente reparó en la presencia de Vladimir y la ternura que había en sus ojos se esfumó–. Hola –dijo en un tono seco.

–Su esposa no se siente bien. Creo que debería llevarla a casa.

–Sí –dijo Alessandro, poniéndose en pie. Dejó algo de dinero sobre la mesa–. *Mi scusi. Buona notte.*

Agarrando a Lilley por la espalda, se dirigió hacia la puerta. Recogió el coche rápidamente y la ayudó a subir sin decir ni una palabra. Ni siquiera la miraba a los ojos.

Condujo a toda velocidad y en silencio a través de las calles de Roma. Lilley le miraba por el rabillo del ojo de vez en cuando. Su rostro era sombrío, su expresión, seria. Cuanto más trataba de complacerle, más difícil se le hacía.

–Lo siento... –susurró–. No quería que tuvieras que dejar a tus amigos tan pronto.

Alessandro cambió la marcha del lujoso deportivo con más fuerza de la que era necesaria.

–Yo siento que hayas pensado que era necesario decirle a Vladimir que no te encontrabas bien, antes que decírmelo a mí –le dijo en un tono tenso.

–Solo trataba de... –repuso ella, parpadeando.

–Ahórratelo –dijo él, interrumpiéndola. Atravesó el portón exterior de la finca del *palazzo*. Aparcó el coche de cualquier manera en el pequeño patio y entró en el centenario *palazzo* a toda prisa. Herida y furiosa, Lilley entró detrás.

–¡Esto no es justo! –le gritó, sin poder alcanzarle.

Él ya estaba subiendo las escaleras a oscuras. Al oírla, se detuvo bruscamente y se quitó la corbata de un tirón.

–¿Vienes a la cama? –le preguntó, mirándola fijamente.

Lilley parpadeó, sorprendida. Se puso erguida, apretó los puños y sacudió la cabeza.

–Te he preguntado... –empezó a bajar las escaleras– si vas a venir a la cama.

–No.

Los ojos de Alessandro echaron chispas.

–Entonces traeré la cama hasta ti.

Vio lo que iba a hacer un instante antes de que la agarrara. Sujetándola de la nuca, le dio un beso fiero para castigarla. Ella trató de apartarle, pero él le agarró el cabello y la obligó a entreabrir los labios, separándoselos con los suyos. Acorralándola contra las escaleras, la besó con tanta brutalidad que ella no tuvo más remedio que tirar la toalla y dejarle que la empujara hacia el suelo. Mascullando un gruñido feroz, le levantó la falda hasta las caderas y, sin decir ni una palabra, empezó a desabrocharse la bragueta. De repente, Lilley reaccionó.

–No –le dijo, agarrándole de la muñeca y mirándole fijamente a los ojos–. No.

Él abrió mucho los ojos, soltó el aliento y se apartó. Tras ponerse en pie, se abrochó los pantalones, sin dejar de mirarla.

–No quiero volver a verte con Vladimir Xendzov –le dijo en un tono de advertencia. Y entonces, sin siquiera dedicarle una mirada, dio media vuelta y subió las escaleras.

Lilley se incorporó. Se sentía mareada, aturdida. Se levantó del suelo y se colocó la carísima falda color beige.

Aguzando la mirada, le vio subir las escaleras y desaparecer por el pasillo, rumbo al dormitorio. Fue tras él. Al acercarse, oyó el ruido de la ducha. Abrió la puerta del cuarto de baño adyacente a la habitación y le vio bajo el chorro de la ducha, desnudo. Abrió la mampara translúcida y cerró el grifo bruscamente.

–¿Qué demonios...? –exclamó él.

Una nube de vapor caliente flotaba entre ellos. El agua que goteaba de la mampara hacía un ruido ensordecedor. Lilley le fulminó con la mirada, cruzando los brazos.

–¿Cómo te atreves a tratarme así, maldito... idiota?

–¿Y qué esperabas? ¿Que te besara los pies después de que pasaras toda la noche flirteando con otro hombre?

–¡Yo no estaba flirteando! ¡Él trataba de consolarme! Después...

Él salió de la ducha, desnudo y empapado.

–¿Después de qué? –le preguntó, taladrándola con la mirada.

Ella tragó en seco, intentando contener las lágrimas.

–No tiene importancia.

–Dímelo.

En el espejo, Lilley vio el reflejo de su magnífico cuerpo desnudo y, junto a él, se vio a sí misma, gordita y rechoncha con aquel traje color beige que la hacía parecer un tapón.

–No puedo.

–¡Dímelo! –gritó él, furibundo.

Ella se sobresaltó.

–Fueron muy crueles conmigo.

Él se agarró de la puerta de la ducha.

–¿Quiénes? ¿Quiénes fueron crueles contigo?

–Tenías razón. Nunca debería haber venido –reprimió las lágrimas–. Yo no pertenezco a este lugar.

Alessandro dio un paso adelante y la agarró de los hombros.

–Dime quiénes fueron –le dijo en un tono sombrío.

Ella trató de restarle importancia riéndose.

–No fue nada. Me siguieron hasta el servicio de mujeres, donde yo me estaba escondiendo.

–¿Te estabas escondiendo?

–...Y hablaron. En inglés, para que yo me enterara bien. Me llamaron gorda y estúpida, y dijeron que te divorciarías de mí. Estaban deseando que volvieras con Olivia.

Alessandro la miró fijamente, apretando los labios. Entonces la soltó bruscamente y se dio la vuelta. Lilley contempló su musculosa espalda mientras él se dirigía hacia la puerta.

Él se estaba alejando de ella sin decir ni una palabra. Otra vez.

–¿Te da igual? –le preguntó ella, ahogándose en sus propias palabras–. ¿No te importa en absoluto?

Alessandro se volvió violentamente. Su rostro estaba tan lleno de ira que Lilley contuvo el aliento.

–Sí que me importa. Se arrepentirán de haberte hecho daño.

–¿Qué vas a hacer? –le preguntó Lilley, asustada. Había una oscuridad en su mirada que jamás había visto.

–No les puedo dar una paliza. Son mujeres. Pero... –estiró sus manos entrelazadas–. Puedo quitarles lo que más aman en el mundo. El dinero.

–¿Cómo?

Él miró más allá de ella.

–Unas cuantas llamadas a los bancos... a los negocios en los que trabajan sus maridos... –esbozó una sonrisa aterradora–. Se quedaran sin un centavo.

Lilley le miró, boquiabierta.

–Yo pensaba que eran ricas.

–Todo es pura fachada. Están llenas de deudas.

–¡Pero yo creía que eran tus amigos!

Alessandro hizo una mueca.

–¿Amigos?

–Parecía que te lo estabas pasando muy bien...

–Crecí con ellos –le dijo escuetamente–. Pero no estamos muy unidos. Compartimos un pasado, una historia... Pero no. No son mis amigos.

De repente, Lilley se acordó de sus amigos de Minnesota; Lisa, la hija del ama de llaves, solía jugar a las canicas con ella; Katie, la amiga con la que montaba en bicicleta después del colegio...

Alessandro no había tenido ninguna de esas cosas. Sus amigos no eran reales. De repente se vio arrollada por una profunda pena hacia él y entonces ya no pudo ocultar sus sentimientos.

–No necesito venganza –tragándose las lágrimas, dio un paso hacia él–. Yo solo quiero una cosa. Solo necesito una cosa.

–¿Qué?

–A ti –susurró ella–. Te quiero, Alessandro.

Le oyó contener el aliento y entonces sus ojos se entristecieron.

–Lo sé –dijo él tranquilamente–. Lo he sabido desde antes de la boda, cuando estuviste a punto de decírmelo, pero yo te hice parar.

–¿Qué? –Lilley no recordaba ningún momento como ese–. ¿De qué estás hablando?

–¿No lo recuerdas? Me dijiste que tenías algo que decirme antes de que nos casáramos. Estabas enamorada de mí. Podía verlo en tu cara.

Lilley se quedó boquiabierta al recordar aquel momento, en Las Vegas... Cuando había intentado contarle la verdad acerca de su familia.

–¿Creías que iba a decirte eso? –le preguntó lentamente–. ¿Que estaba enamorada de ti?

Él sacudió la cabeza.

–No podía dejar que lo dijeras. Pensaba que eso lo estropearía todo entre nosotros, que nos impediría ser felices en nuestro matrimonio.

Lilley sentía que la cabeza le daba vueltas. Alessandro no sabía nada de su familia. Todas esas semanas que habían estado casados... Llevaba todo ese tiempo creyendo que él era demasiado bueno como para reprocharle nada, lo bastante generoso para perdonar y olvidar. Pero en realidad no sabía nada. Todavía no lo sabía.

—Pero ahora... No sé qué pensar —le dijo Alessandro—. No sé si soy capaz de amar a nadie, Lilley —apretando la mandíbula, apartó la vista—. Cuando tenía diecinueve años, toda la gente en la que confiaba me traicionó. La mujer a la que creía amar me dijo que estaba embarazada de otro hombre. Mi padre murió después de pasarse media vida ignorándome. Y después mi madre... —respiró hondo—. Me dijo que yo no era su hijo.

—¿Qué? —Lilley soltó el aliento de golpe.

—En su segundo año de matrimonio, ya había empezado a odiarle. Tuvo una pequeña aventura y se quedó embarazada de mí. Mi padre nunca lo supo. Murió pensando que yo era su hijo, y no me dejó nada más que deudas y un número indeterminado de medios hermanos por todo el mundo.

Un profundo dolor brillaba en sus ojos oscuros. Nunca le había visto sincerarse tanto.

—Lo siento —le dijo ella, rodeándole con sus brazos—. ¿Quién es tu verdadero padre?

Él apartó la vista.

—Alguien a quien nunca me gustaría conocer.

—Lo siento —dijo ella. Le besó en los labios, en las mejillas, la barbilla, los hombros... Esa era su manera de ofrecerle consuelo—. Lo siento mucho —añadió. Amargas lágrimas corrían por sus mejillas—. Pero ahora yo soy tu familia.

—No sé si puedo quererte, Lilley —le dijo él en voz baja—. Pero si alguna vez pudiera amar a una mujer... Serías tú.

El corazón de Lilley se detuvo un momento y luego empezó a latir a toda velocidad.

–¿Sí?

–Tú has sido la primera mujer en la que he confiado en mucho, mucho tiempo –le dijo él, acariciándole la mejilla–. Porque sé que tú jamás me mentirías, en nada.

Un temblor la recorrió por dentro. ¿Cómo iba a decirle lo de su familia? ¿Cómo iba a explicarle que aquella inofensiva omisión de información para conseguir un empleo se había convertido en una gran mentira con el paso de los meses?

Pero tenía que hacerlo. Encontraría el momento adecuado...

–Siento no haberte dado la boda que te merecías –le dijo Alessandro, acariciándole la mejilla.

–¡Pero si nuestra boda me encantó!

Él sacudió la cabeza con tristeza.

–Deberías haber estado acompañada de tu familia y amigos –la miró–. ¿Le has hablado a tu padre de mí?

Su padre... Lilley tragó con dificultad.

–Eh, no. Todavía no –se irguió–. Pero te llevaré a Minnesota para que le conozcas. Cuando quieras.

–¿Y qué tal en Navidad?

Sosteniéndola en sus brazos, le sonrió. La expresión de su rostro era tierna y alegre.

–Primero daremos un banquete en Roma. Y después otro allí.

–¿Un banquete?

–Dos. Uno en cada continente. Quiero celebrarlo como Dios manda –le acarició el cabello–. Con nuestra familia y amigos.

–Oh.

–Así tendré oportunidad de conocer a tu padre –le guiñó un ojo–. Y me lo ganaré.

Aquellas palabras dulces y entusiastas la hacían sentirse más culpable que nunca.

—Claro que sí —le dijo, con un nudo en la garganta—. Nadie podría evitar quererte.

Él se puso serio de repente.

—Pero yo no necesito que nadie me quiera —la estrechó contra su cuerpo desnudo y le acarició la espalda por encima de la chaqueta beige—. Yo solo te necesito a ti.

De repente, Lilley tuvo ganas de llorar.

Sintió cómo reaccionaba su cuerpo desnudo y de pronto le deseó más que nunca. Se estremeció al sentir sus caricias por encima de la ropa, en los pechos, en los pezones... hasta hacerlos endurecer.

Lilley miró hacia el espejo. Vio su cuerpo desnudo y su espalda musculosa al tiempo que la besaba en el cuello. La imagen le causó una oleada inmediata de auténtico placer. Él le desabrochó la chaqueta.

—Eres mía —murmuró él contra su piel.

Ella sintió su miembro erecto entre las piernas; sintió el insistente masaje de las yemas de sus dedos mientras le quitaba la camisola y el sujetador, deslizando la palma de la mano por el valle entre sus pechos y su cintura estrecha, pasando por su abdomen redondeado.

—Dilo.

Ella abrió los ojos.

—Soy tuya.

—Para siempre.

—Para siempre —repitió ella.

Alessandro se arrodilló delante de ella. Le levantó la falda hasta las rodillas y le quitó las braguitas. Moviéndose entre sus muslos, le levantó una pierna por encima del hombro. Y entonces, justo antes de besarla, la miró de nuevo.

—Nunca me mientas, Lilley —susurró—. Y estaremos juntos para siempre. Nadie podrá separarnos nunca.

Metió la cabeza entre sus piernas y oleadas de placer la inundaron por dentro. Lilley echó atrás la cabeza y cerró los ojos. Los latidos de su corazón retumbaban a medida que se daba cuenta de lo que había hecho. Debería haberle dicho la verdad desde el principio, desde el primer día. Había pensado que era mejor esperar a que él tuviera motivos para quererla. Pero cuando él descubriera que llevaba meses mintiéndole, después de haberle dado su confianza y cariño, sin duda sería el principio del fin. Sintiendo su lengua húmeda y caliente entre las piernas, cerró los ojos y se estremeció. No podía perderle. Nunca. Encontraría la forma de decirle la verdad. Y rezaría mucho para que no fuera el final de todo...

Capítulo 10

ALESSANDRO se quedó boquiabierto cuando vio a su esposa en lo alto de las escaleras. Después de cinco semanas de preparativos, era evidente que Lilley había escogido muy bien el traje para la fiesta de esa noche en el *palazzo*.

–¿Y bien? –le preguntó–. ¿Qué te parece?

Alessandro abrió los labios para decirle que tenía que cambiarse, que no podía llevar un traje tan atrevido y colorido cuando estaban en el punto de mira de los ciudadanos más distinguidos de una de las ciudades más refinadas de todo el mundo. Pero entonces vio esperanza en aquellos ojos marrones.

–Estás preciosa.

Una oleada de alivio y gratitud recorrió por dentro a Lilley y entonces esbozó una sonrisa maliciosa.

–*Grazie* –le dijo, haciendo sonar la falda mientras bajaba las escaleras.

Le ajustó la corbata.

–Tú tampoco estás nada mal con este esmoquin.

Y entonces, poniéndose de puntillas, le besó con tanto fervor que si los invitados no hubieran empezado a llegar ya, se la hubiera llevado al dormitorio y le hubiera arrancado el llamativo traje de la piel.

–Oh-oh... El embajador no deja tranquila a Monica Valenti.

Alessandro siguió su mirada y vio cómo coqueteaba el cincuentón con la joven actriz. Lilley le lanzó una mirada indulgente.

–*Mi scusi.*

Tomando una copa de champán de la bandeja que llevaba un camarero, Alessandro observó a su esposa con creciente admiración. El salón de fiestas estaba abarrotado. Lilley había invitado a todo el mundo; aristócratas, políticos, empresarios... Todos ellos pertenecientes a las más altas esferas. Incluso había invitado a Giulia y a Lucretia. Su esposa era capaz de perdonar. Él no.

Las había llamado a las dos y había anulado la invitación de la forma más clara posible. Seguramente a esas alturas debían de estar subiéndose por las paredes. Alessandro esbozó una sonrisa traviesa. Probablemente estarían mucho más amables la próxima vez que vieran a Lilley.

Tras terminarse la copa de champán, la puso sobre la bandeja y observó con curiosidad a su esposa mientras libraba a Monica Valenti de las insistentes atenciones del embajador.

El contacto visual se rompió cuando un hombre se le acercó para hablarle. Al reconocer a Vladimir Xendzov, Alessandro frunció el ceño. Le estaba tocando el llamativo collar que llevaba puesto. Era su última y extraña creación, hecha en oro, con zafiros que había encontrado en una tienda de antigüedades de Venecia. Se preguntó de qué podían estar hablando. Se fiaba de su esposa, pero no de Xendzov. Apretando la mandíbula, agarró una copa de champán y entonces reparó en la frambuesa que había en el fondo. El líquido espumoso estaba rosa... Parecería un idiota bebiendo algo así... Volvió a dejar la copa en la bandeja.

–Un whisky –le gritó al camarero.

El hombre asintió y se retiró. Alessandro echó a andar, abriéndose paso entre la multitud.

–Cariño –de pronto Olivia estaba delante de él, impidiéndole el paso.

Flaca y pálida, vestida de negro, parecía el ángel de la muerte.

−¿Qué estás haciendo aquí?

−Me han invitado −dijo ella, esbozando una sonrisa felina−. Me invitó tu esposa.

Pronunció la palabra como si le dejara un mal sabor de boca. Alessandro apretó la mandíbula y la fulminó con la mirada.

−Lilley es demasiado generosa.

−Claro que es generosa −la sonrisa de Olivia se ensanchó−. Puede permitírselo.

−¿De qué estás hablando?

−Es rica.

Alessandro resopló.

−Lilley no procede de una familia de dinero. Es por eso por lo que se puede confiar en ella. Es tan distinta a ti...

Ella soltó una risita.

−Oh, esto es delicioso. ¿De verdad que no lo sabes? −caminó a su alrededor lentamente, deslizando una uña pintada de rojo a lo largo de los hombros de Alessandro−. Es la hija de Walton Hainsbury −le susurró al oído.

Alessandro se la quedó mirando sin saber qué decir. Oía la animada música en la distancia, oía las conversaciones, las risas... Pero no parecía estar allí. Y entonces el suelo tembló bajo sus pies.

−Cuando nos conocimos, Lilley trabajaba en el departamento de archivos de Caetani Worldwide. En mi departamento de archivos, Olivia.

Olivia se miró las uñas, perfectamente arregladas.

−¿Y qué mejor lugar puede haber para un espía corporativo?

−Ella trabajaba como empleada del hogar, en Minneapolis. Y trabajaba para un pariente...

Olivia lo miró con ojos incrédulos.

−Nunca te había visto tan ciego... Hasta hace seis meses, era el ama de llaves en la casa de Théo St. Raphaël,

en el sur de Francia. Él es su primo, ¿sabes? Dejó ese trabajo tan solo unos días antes de empezar a trabajar para ti.

Alessandro se sintió como si acabaran de darle una
bofetada. Retrocedió un paso. Las piernas le fallaron un
instante.

–¿Théo St. Raphaël? –dijo con un hilo de voz–. ¿El
conde de Castelnau es el primo de Lilley?

Pasó por delante de Olivia sin dedicarle ni una mirada más. Abriéndose paso entre la multitud, se dirigió
hacia su esposa. A medida que avanzaba hacia ella, empezó a sentir que la sangre palpitaba por todo su cuerpo,
hirviendo, bullendo como un río de lava.

Lilley se reía mientras hablaba con Vladimir Xendzov,
y él la miraba con admiración. ¿Acaso estaba flirteando
con él? ¿Jugando con él, para utilizarle más tarde?

Lilley miró por encima del hombro de Xendzov y,
nada más ver a Alessandro, palideció.

–¿Qué sucede? ¿Qué pasa?

–Dime cómo te llamas –le dijo él en voz baja.

Los invitados que estaban más próximos a Lilley se
miraron los unos a los otros sin entender nada.

–Lilley Caetani –dijo Lilley, sin saber muy bien qué
decir.

–No. Dime cómo te llamas.

Muchos de los invitados se callaron de repente y se
volvieron hacia ellos. La música se detuvo bruscamente.
De repente, todo estaba en silencio. Cientos de personas
los observaban expectantes.

Lilley tragó con dificultad, miró a izquierda y a derecha. Respiró hondo.

–Lilley Smith –dijo finalmente.

–¡Dímelo! –le gritó él–. ¡Tu nombre!

De repente pareció que Lilley se iba a echar a llorar.

–Alessandro, iba a decírtelo.

–¿Cuándo? ¿Después de robarme mi empresa para
dársela a Hainsbury y a tu primo?

—¡No! —gritó ella—. Traté de decírtelo antes de la boda, pero me dijiste que ya lo sabías. Siempre sabes tantas cosas... ¡Yo te creí!

—¿Creíste que me casaría contigo, sabiendo eso? Me mentiste desde el principio, ¡incluso con tu nombre!

Ella se encogió. Alessandro vio el temblor de sus pestañas.

—Me cambié el nombre hace tres años, cuando mi padre se divorció de mi madre, cuando ella se estaba muriendo. Ya no quería ser una Hainsbury, así que adopté su apellido de soltera.

—Sabías que Caetani Worldwide jamás te contrataría si figuraba ese nombre en el currículum.

—Sí —admitió ella con un hilo de voz.

—Viniste como espía.

—¡No! Solo trataba de encontrar un trabajo desesperadamente —sacudió la cabeza con lágrimas en los ojos—. Me fui a San Francisco para perseguir un sueño...

—Mentiras —le dijo él—. Te fuiste a San Francisco para seducir a Jeremy Wakefield y que te diera información acerca de los diseños Preziosi, para que tu padre pudiera copiarlos en China. Pero entonces te llevé al baile Preziosi y te diste cuenta de que podías conseguir un premio mucho mejor —soltó una carcajada amarga—. Decidiste convertirte en mi amante, para poder pasarle información a tu familia.

—¡Yo nunca te traicionaría! —dijo ella, entre sollozos—. ¡Iba a decírtelo todo! Me lo juré a mí misma, cuando finalmente me di cuenta de que no sabías lo de mi familia. Todo este tiempo, yo pensaba que sí lo sabías, hasta el día en que te dije que te amaba por primera vez.

Le temblaba la voz, pero esas lágrimas no iban a funcionar con él. Esa vez no.

—Eso fue hace semanas —la agarró de los hombros y la miró a los ojos—. Todo este tiempo, yo pensé que podía confiar en ti. Y tú solo estabas esperando a poder

darme la puñalada en la espalda. ¿Cuál era tu objetivo?
¿Cómo van a ir contra mí? ¿Tu padre y tu primo están
tramando otra opa hostil?

–¡Tú me conoces lo bastante como para saber que yo
no haría algo así! –exclamó Lilley y entonces le miró
con los ojos muy abiertos. Un río de lágrimas corría por
sus mejillas–. ¿Es que no lo ves?

–Ojalá no te hubiera conocido nunca –los latidos de
su corazón retumbaban en sus oídos. Apenas podía respirar, ni pensar–. Solo hay una última cosa que necesito
saber.

–¿Qué?

Le tocó el labio inferior con la yema del dedo.

–¿Hasta dónde llegan tus mentiras?

Ella entreabrió los labios al sentir el roce de su mano.
Él deslizó la mano a lo largo de su cuello, pasando por
encima de sus pechos, la curva de su vientre...

–¿El bebé es mío?

Ella abrió aún más los ojos.

–Dime la verdad, Lilley –le dijo en un tono amenazante–. ¿Te has acostado con otro hombre?

Un sollozo incontenible se le escapó a Lilley de los
labios. De repente, Alessandro olvidó que estaban en
aquel salón abarrotado, se olvidó de Caetani Worldwide, se olvidó de Olivia. Lo único que podía pensar
era que amaba a Lilley. Ese había sido el sentimiento
que crecía en su interior un momento antes de enterarse
de todo. La amaba...

Pero la mujer a la que amaba era una mentira...

Ella se tambaleaba. Casi parecía que se iba a caer.

–¿De verdad crees que haría algo así? –le susurró–.
¿Crees que me acostaría con otro hombre? ¿Crees que
me acostaría con otro hombre, y que después me casaría
contigo para pasar el resto de mi vida mintiéndote?
¿Cómo puedes pensar algo así? Yo te quiero.

–Muy bonito –masculló Alessandro. Tocándole la

mejilla, le ladeó la cabeza hacia la luz de la araña–. Todas esas lágrimas, esa voz ahogada... –bajó la mano
bruscamente–. Casi me has hecho creer que me querías.

–¡Sí que te quiero! –exclamó ella–. Te quiero.

–Deja de decirlo –le dijo él, fulminándola con una
mirada de hielo–. No. Es igual. Puedes decir lo que
quieras. No voy a creer ni una palabra.

Lilley entrelazó las manos, pálida y pequeña con
aquel vestido tan colorido. Las flores se le caían del cabello. Miró a Olivia.

–Ha sido ella, ¿no? Ha convertido una mentira piadosa en un plan maquiavélico, ¿no? –las lágrimas corrían por sus mejillas–. Y tú la has creído. Nunca creíste
que fuera digna de ser tu esposa. Nunca quisiste amarme.
Y esta es la mejor forma de salir del problema.

–Te desprecio.

Ella dejó escapar un sollozo. Vladimir Xendzov le
puso una mano sobre el hombro a Alessandro.

–Ya es suficiente. Creo que ya lo ha dejado todo muy
claro.

Alessandro se zafó con brusquedad y contuvo las ganas de darle un puñetazo.

–Métase en sus asuntos.

De repente odiaba a Xendzov, a Olivia y a todos
esos buitres que merodeaban por la sala de fiestas.

–¡Todos fuera! –gritó de pronto, mirando a su alrededor.

–No –le dijo Lilley, por detrás–. Basta, Alessandro.

Su voz sonó más dura que nunca. Sorprendido, se volvió hacia ella. Los ojos de Lilley estaban llenos de tristeza, pero su actitud denotaba otra cosa; fuerza, energía.

–Nuestros invitados no han hecho nada para merecer
ese trato. Y yo tampoco –se puso erguida–. Dime en
este momento que sabes que este niño es tuyo, o te de-
jaré para siempre. Y nunca volveré.

Un ultimátum...

Alessandro se puso tenso.

–¿Se supone que tengo que fiarme de tu palabra?

Lilley se puso pálida.

–No me voy a quedar atrapada en un matrimonio por el que no sabes luchar –miró hacia Olivia con resentimiento–. Ella es la persona a la que siempre has querido. Una mujer tan perfecta y fría como tú, sin corazón –dio media vuelta.

Alessandro la agarró del brazo.

–No puedes irte. No sin una prueba de paternidad.

Ella le miró con una profunda tristeza.

–Yo no voy a intentar que me quieras. Ya no voy a intentarlo más –le susurró–. Se acabó.

Alessandro no podía mostrar debilidad alguna. No podía dejarle ver lo cerca que había estado de romperle el corazón.

–Te quedas en Roma –le dijo sin contemplaciones–. Hasta que yo te permita marcharte.

A Lilley le brillaron los ojos.

–No. No lo haré –respiró hondo. Había una extraña locura en su mirada–. Me acosté con otro, tal y como tú has dicho –tragándose las lágrimas, levantó la mirada hacia él–. Y le amaba.

Aquellas afiladas palabras se clavaron en el corazón de Alessandro como una daga. Se tambaleó hacia atrás.

–¿Y qué pasa con el niño?

Los ojos de Lilley estaban tan oscuros como una tormenta de invierno. Las lágrimas corrían por sus mejillas sin cesar. Se quitó el anillo de diamantes y se lo dio sin decir ni una palabra.

Alessandro lo tomó en la mano sin saber muy bien lo que hacía. Lilley dio media vuelta y se abrió camino entre la multitud, sin mirar atrás. Y esa vez, él no trató de detenerla. Asiendo con fuerza el valioso anillo, cerró los ojos y se dejó llevar por la pena más intensa...

Capítulo 11

UNA SEMANA más tarde, Alessandro estaba sentado en su estudio, mirando los papeles del divorcio sin ver demasiado.

No había vuelto a ver a Lilley desde el día de la fiesta. Se había esfumado sin más. Solo llevaba el pasaporte, una cartera y ese vestido fucsia... No tenía ni idea de dónde estaba, pero tampoco le importaba mucho. Ya la encontrarían los abogados.

De pronto sonó el teléfono.

–*Buon giorno*, cariño –dijo Olivia con entusiasmo–. Ahora que te has librado de ese lastre, quiero que comas conmigo. Para celebrarlo.

–Todavía no me he divorciado –le dijo Alessandro en voz baja.

–Ven de todas formas –le dijo ella–. No me importa.

Aquel tono de voz cómplice y petulante le molestaba sobremanera. Girando en la silla, se volvió hacia la ventana, hacia las vistas de la ciudad y del cielo azul. ¿Dónde estaba Lilley? ¿Estaba con otro hombre? Recordaba muy bien cómo la miraba Vladimir Xendzov... Recordaba la cara de Jeremy Wakefield al verla con ese vestido rojo.

¿Quién era el padre del bebé?

«Me acosté con otro, tal y como tú has dicho... Y le amaba».

A través de la ventana vio que una limusina se detenía delante del *palazzo*. El conductor bajó y abrió la puerta de atrás. Un hombre bien vestido, de pelo oscuro, salió del vehículo. Fue a hablar con el guardia de seguridad. Frunciendo el ceño, Alessandro se incorporó y aguzó la mirada, tratando de verle la cara al desconocido. Y entonces le vio... Se puso en pie de golpe, mascullando un juramento.

–Cariño, ¿qué pasa? ¿Qué sucede? –le preguntó Olivia.

–Ha llegado alguien. Tengo que dejarte.

–Pero ¿quién es más importante que yo en este momento?

–Théo St. Raphaël.

–¿Qué? –la voz de Olivia sonó afilada–. No tienes que verle. Espérame en casa. Te recogeré y nos iremos a comer.

–Lo siento –dijo Alessandro, y colgó.

Bajó las escaleras corriendo. La sangre se agolpaba en sus sienes. Tenía los puños apretados, listos para la pelea. El ama de llaves se quedó boquiabierta al verlo salir al patio.

–Déjale entrar –le ordenó al guardia de seguridad en italiano.

Théo St. Raphaël entró por la puerta, elegante y poderoso con un traje impecable y una corbata amarilla. Llevaba un maletín de cuero en la mano. Parecía tranquilo, impasible... Todo bajo control. Era la viva imagen de todas las cosas que Alessandro no había podido ser durante la semana anterior. El abrasador sol de Italia caía a plomo sobre sus vaqueros desgastados y su camiseta vieja.

Alessandro avanzó por el polvoriento patio para encontrarse con su rival.

–¿Qué demonios quieres? ¿Has venido a regodearte?

Théo St. Raphaël se le quedó mirando como si se hubiera vuelto loco.

–¿Regodearme?

–Apuesto a que... –todavía era incapaz de decir su

nombre en voz alta– tu prima se debió de reír mucho después de ayudarte con lo de Joyería, ¿no? Chica lista. ¡Me sacó la información en la cama!

Con un movimiento rápido, Théo avanzó cinco pasos de repente y le asestó un violento puñetazo en la barbilla a Alessandro.

–Por Lilley –le dijo, frotándose la muñeca–. Maldito seas.

Aquel puñetazo hubiera tirado al suelo a cualquier otro hombre. Alessandro sintió el impacto en cada hueso de su cuerpo e, instintivamente, trató de devolvérselo. Después se incorporó y se frotó la mandíbula.

–Por lo menos tienes la decencia de atacarme de frente, St. Raphaël, en vez de darme una puñalada por la espalda.

–Lilley solo tuvo un pequeño secreto contigo. Uno.

–¿Pequeño secreto? –repitió Alessandro en un tono incrédulo–. ¡Te dijo todo lo del acuerdo con Joyería! Me convenció para que me casara con ella cuando estaba enamorada de otro hombre. Y lo peor es... –se detuvo y su voz se endureció–. ¿Por qué estás aquí? ¿Qué más quiere de mí?

El francés le atravesó con la mirada.

–En tu despacho.

Alessandro se puso tenso y entonces se dio cuenta de que el guardia de seguridad observaba la escena con interés, por no hablar de los *paparazzi* que estaban apostados delante de la casa desde el escándalo de la fiesta.

–Muy bien.

Dando media vuelta, le condujo al interior del *palazzo*.

–He venido a recoger las cosas de Lilley –le dijo St. Raphaël cuando llegaron al estudio–. Sus herramientas. La manta de su madre.

–¿Y la ropa que yo le compré?

–No la quiere.

Alessandro se sentó frente a su escritorio y giró la silla hacia la ventana. Estaba cansado. Había estado a punto de tirar a la basura sus pertenencias más valiosas en un arrebato de rabia, pero al final no había sido capaz de hacerlo.

–Todo está en una caja en la puerta. Puedes recogerla tú mismo –le dijo a St. Raphaël–. Estaré encantado de librarme de ello por fin.

St. Raphaël le miró con frialdad, puso su maletín encima del escritorio, sacó una carpeta y se la ofreció a Alessandro.

–¿Qué es esto? –le preguntó, sin tocar nada.

–El trato con Joyería –dijo St. Raphaël con desprecio–. Si todavía lo quieres.

Alessandro abrió la carpeta. Revisó los documentos rápidamente y se dio cuenta de que era un contrato para intercambiar Joyería por los viñedos de St. Raphaël. Tenía que haber algún truco en alguna parte... Pero no era capaz de encontrarlo.

–También me retiraré del negocio de Tokio.

Alessandro levantó la vista, sorprendido.

–No lo entiendo.

–Fue idea de Lilley.

–Pero ¿por qué iba a preparar algo así, si ha sido ella quien me ha traicionado?

–Lilley no te ha traicionado –le dijo St. Raphaël–. Fue otra persona quien me dio la información. Me dijo que quería vengarse porque te deshiciste de ella y la sustituiste por una oficinista cualquiera –hizo una pausa–. No tenía ni idea de que estaba hablando de Lilley.

–¿Olivia? –exclamó Alessandro–. ¿Olivia Bianchi?

St. Raphaël le miró fijamente.

–Sois tal para cual.

El francés se inclinó hacia delante. Sus nudillos estaban completamente blancos contra el escritorio.

–Pero tienes que garantizarme, sobre el papel, que vas a dejar el estudio en México. Le di a Rodríguez mi palabra de que nadie perdería su empleo. Y, a diferencia de ti, yo no quiero ser un mentiroso.

Alessandro frunció el ceño.

–Yo no mentí. Puede que haya sugerido...

–Mentiste. Y fue mucho peor que la mentira de Lilley. Ella solo trataba de no perder su trabajo. Tú, en cambio, tratabas de llenarte el bolsillo a expensas de otros. Le mentiste a Rodríguez, al igual que le mentiste a Lilley cuando te casaste con ella sin decirle que no la ibas a dejar trabajar.

Alessandro sintió un repentino calor en las mejillas. Levantó la barbilla con prepotencia.

–Lilley se acostó con otro hombre y después trató de hacerme creer que era el padre de su hijo.

St. Raphaël resopló y le miró con ojos incrédulos. Sacudió la cabeza.

–Si es eso lo que crees, eres mucho más estúpido de lo que yo creía –sacó un último documento–. Toma. Dáselo a tus abogados.

«Me acosté con otro, tal y como tú has dicho...».

Alessandro recordó la mirada de Lilley, sus ojos enormes y afligidos... Recordó el temblor que le atenazaba la voz.

«Y le amaba...».

Alessandro sintió que le daba un vuelco el corazón. ¿Y si era él mismo el hombre al que ella amaba, antes de volverse contra ella y humillarla en público, dirigido como una marioneta en manos de su examante? Había jurado honrar y proteger a su esposa...

–¿Dónde está ella?

–Se fue del país hace unas horas –dijo St. Raphaël en un tono serio–. Quería visitar a su padre y mirar sitios para poner el negocio de joyería.

–¿Lo va a hacer? ¿Lo va a hacer de verdad?

–Mi esposa dice que la joyería de Lilley es una apuesta segura. Y ella lo sabe mejor que nadie –St. Raphaël tamborileó con los dedos sobre el escritorio–. ¿Sabes? Debería darte las gracias. Por haber hecho lo correcto.

Alessandro esbozó una sonrisa cínica.

–¿Casarme con ella?

–Divorciarte –respondió St. Raphaël con frialdad–. Lilley es la persona más dulce que conozco. No tiene nada de maldad en el cuerpo y se merece algo mucho mejor que tú. –cerró el maletín con un golpe seco–. Pero los negocios son los negocios. Llevo tiempo queriendo esos viñedos. Haz que tus abogados revisen los documentos. No hay necesidad de que nos veamos de nuevo. *Adieu.*

Sin decir ni una palabra más, Théo St. Raphaël se marchó. Alessandro se quedó mirando la carpeta unos segundos. Los papeles del divorcio seguían sobre el escritorio. Recogió una hoja y trató de leerla, pero las letras bailaban sobre la blanca superficie. De repente era como si lo viera todo a través de los ojos de Lilley.

Echó los papeles a un lado y se puso en pie. A través de la ventana vio alejarse a St. Raphaël con una enorme caja. La limusina se marchó unos segundos después.

Levantó la vista. El cielo azul parecía teñido de violeta, como si el mundo se estuviera oscureciendo poco a poco.

«Te quiero, Alessandro. Soy tuya, para siempre...».

Cerró los ojos, apoyó la frente contra la fría superficie del cristal de la ventana y entonces la verdad le golpeó como un puño de acero. Lilley no le había traicionado. Él la había traicionado a ella.

Dando media vuelta, agarró el teléfono a toda prisa. Trataría de devolverle la alegría y la confianza, aunque quedara como un completo idiota.

No obstante, si ni siquiera podía hacer eso, entonces

Théo St. Raphaël tenía razón. Lilley y su hijo estarían mucho mejor sin él.

La encontraría. La recuperaría. Se haría digno de su amor...

Después de seis horas, Lilley tenía un terrible dolor de espalda. Se cambió de postura y trató de acomodarse sobre el duro cojín del sofá imitación Louis XIV del salón de su padre. Miró el reloj. Llevaba seis horas esperando. La había hecho esperar durante seis horas. Era su primera visita en tres años y él la había dejado allí, sola y abandonada en la enorme mansión que había construido para su amante en una finca de Minneapolis. Claramente, ese era el castigo por no haber accedido a casarse con su mano derecha en la empresa.

De pronto sintió una punzada de dolor en el final de la espalda. Se puso en pie. El salón tenía unas vistas maravillosas del lago Minnetonka, que se divisaba a través de los árboles negros, desprovistos de follaje. Sin embargo, el sitio seguía pareciendo una oficina, y no un hogar. No había fotos, sino solo carteles de las diferentes campañas publicitarias de Hainsbury. El cartel más cercano mostraba a una joven pareja feliz, abrazados y sentados en un banco del parque. La figura de un anillo de compromiso aparecía sobreimpresa sobre la imagen con el eslogan:

Hainsbury Jewelers. Solo perfección.

Después de que Alessandro le pidiera el divorcio, había pasado días enteros llorando en su vieja habitación de ama de llaves del castillo de su primo.

—¿Dónde has comprado ese collar tan bonito? —le había preguntado la esposa de su primo Théo un día.

—Lo hice yo misma —le había contestado Lilley, dando media vuelta.

Pero entonces algo la había hecho detenerse.

–He decidido poner mi propio negocio –le había dicho, respirando hondo–. Voy a vender joyería artesanal a boutiques de lujo y a grandes almacenes de todo el mundo. Voy a volver a los Estados Unidos para pedir un crédito de negocios.

Carrie había sacudido la cabeza con vehemencia.

–¡No!

Lilley se había llevado una sorpresa, pero entonces su amiga le había regalado la mejor de las sonrisas.

–No le pidas dinero a ningún banco. ¡Déjame hacerlo a mí! Es justo lo que estaba buscando para hacer una inversión.

Cerrando los ojos, Lilley respiró hondo. Su sueño se estaba haciendo realidad de una manera que jamás habría podido imaginar. Por fin tenía su financiación y no tenía que depender de nadie, ni siquiera de Carrie. Por fin había sido lo bastante valiente como para asumir ese riesgo.

El sol empezó a ocultarse en el horizonte, dejando un resplandor rosado sobre la nieve. Lilley se rindió por fin y se dirigió hacia la puerta.

–¿Qué quieres? –la voz de su padre sonaba dura y grave.

Lilley le vio en el umbral y se quedó boquiabierta, sorprendida.

Walton Hainsbury parecía haber envejecido diez años desde el funeral de su esposa, tres años atrás. Sus ojos vidriosos la atravesaban de lado a lado a través de unas gafas metálicas y su tez estaba muy pálida, casi translúcida. Lentamente le dio una calada al puro que tenía en la mano.

–¿Qué estás haciendo aquí? –le preguntó Walton de nuevo, mirándola con desagrado–. ¿Has venido a rogarme y a tratar de colarte en mi testamento? ¡Demasiado tarde, señorita! ¡Se lo he dado todo a los pobres!

Lilley se puso tensa.

–No he venido por el dinero.

–Seguro que no.

Aquella acusación se le clavó en el corazón.

–Nunca te he pedido dinero. Ni una vez. Tú sabes que no –levantó la barbilla y le miró de frente–. Solo he venido a decirte que vas a ser abuelo.

Él se la quedó mirando unos segundos. Lilley se dio cuenta de que el color de su piel era cenizo y las carnes le colgaban por todo el cuerpo.

Le dio unas cuantas caladas al puro antes de hablar.

–¿Estás embarazada?

Ella asintió.

Él le miró la mano izquierda, desprovista de anillos.

–¿Y no tienes marido? –la fulminó con la mirada–. No quisiste casarte con el hombre que yo busqué para ti. ¡Tenías que entregarte al primero que se te antojó!

–El hombre que buscaste para mí me doblaba la edad.

–Si te hubieras casado con él, yo podría haberle dejado mi empresa. Así hubiera sabido que siempre tendrías a alguien que cuidara de ti. Pero, para no variar, tú no quisiste entrar en razón. Y ahora es demasiado tarde.

Lilley oyó tristeza en la voz de su padre. Se le hizo un nudo en la garganta.

–Estaré bien. Sé cuidar de mí misma.

–No –dijo él–. Has vuelto con otra boca que alimentar, y esperas que yo lo resuelva todo, como siempre.

Aquella acusación era tan injusta que Lilley contuvo el aliento.

–¡Tú nunca me has resuelto nada! Solo me hacías sentir indefensa y estúpida cuando era pequeña. En cuanto supiste lo de la dislexia, empezaste a tratarme de otra forma. ¡Al igual que hiciste con mamá!

–Yo quería a tu madre –le dijo su padre con dureza–. Y también te quería a ti. Traté de cuidar de vosotras.

–¿Divorciándote cuando enfermó? ¿Abandonándonos para poder irte a vivir... –miró a su alrededor, contemplando el lujo que la rodeaba– con tu amante a todo lujo? ¿Dónde está Tiffany, por cierto?

Walton apartó la vista.

–Me dejó hace unos meses.

–Oh –Lilley parpadeó, sin saber qué decir.

«Gracias a Dios...», pensó, no obstante.

–Yo nunca quise dejar a tu madre –añadió Walton con reticencia–. Fue Paula quien me dijo que me fuera.

Lilley arrugó el entrecejo.

–¿Qué?

Walton soltó el aliento.

–Me ponen muy nervioso los enfermos. Eso ya lo sabes. Pero cuando le conté a tu madre lo de Tiffany, estaba intentando empezar de nuevo con ella. Le prometí que sería un marido mejor, un hombre mejor, si me perdonaba –trató de esbozar una sonrisa–. Pero ella me dijo que me fuera de la casa. No quiso volver a verme. Y yo hice lo que ella quería –se pasó una mano por el pelo–. No volví a verla hasta el funeral.

–Nunca lo supe. Simplemente asumí que...

–Tu madre no quería meterte en nuestras disputas. Y yo respeté sus deseos.

–Y te llevaste toda la culpa –le susurró Lilley.

Él la miró.

–Supongo que me lo merecía –apartó la vista–. ¿Quién es el padre de tu bebé? ¿Un músico muerto de hambre? ¿Un artista? ¿Hay alguna posibilidad de que sea un hombre honrado y decente?

–Si me estás preguntando si se casó conmigo, la respuesta es «sí». Nos casamos en Las Vegas en septiembre.

Walton levantó las cejas.

–¡Te casaste! ¡Y no me dijiste nada!

–Me desheredaste. No pensaba que te importaría.

–Dime que firmaste un acuerdo prematrimonial.

–No.

Walton Hainsbury apuntó el puro hacia su hija en un gesto acusador. Le tembló la mano.

–¡No he trabajado tan duro toda mi vida para que ahora me lo quite todo un cazafortunas!

–Él no quiere tu dinero –susurró ella–. Y, además, está a punto de divorciarse de mí.

–¿En tan poco tiempo? ¿Quién va a cuidar de ti y del niño?

–Yo lo haré –respiró rápidamente para no aspirar el humo del tabaco–. Théo me ofreció un puesto en las oficinas centrales de París, en el departamento de fusiones y adquisiciones. Dice que tengo una perspectiva muy fresca, una mente creativa y original. Pero su esposa, Carrie, y yo ya habíamos decidido...

–¿Una mente original? –repitió su padre en un tono sarcástico–. No puedes sobrevivir tú sola y cuidar de mi nieto. Ven a casa –le ordenó–. Te vendrás a vivir conmigo.

Lilley respiró hondo esa vez.

–¿Por qué no puedes confiar en mí, papá? ¿Solo una vez? –susurró–. ¿Por qué no puedes olvidar que tengo dislexia y decirme que crees en mí? ¿Por qué no puedes decirme que puedo hacer lo que me proponga?

Walton frunció el ceño.

–Lilley...

–Olvídalo –le dijo, dando media vuelta–. Adiós.

Lilley huyó de la mansión a toda prisa. Fuera, el gélido aire de Minnesota se le clavó en la piel como mil cuchillos. Se subió a su coche de alquiler, arrancó y avanzó por el camino de grava. Las ruedas traseras derrapaban sobre la nieve compacta. Pero cuando llegó a la puerta exterior de la finca, el guardia de seguridad la ignoró. Ella se cansó de hacerle señas, pero el hombre se volvió y le dio la espalda; estaba demasiado ocupado

con los cascos puestos. Finalmente no tuvo más remedio que bajarse del coche y dirigirse hacia la garita.

–Abra, por favor –le dijo–. ¡Ahora mismo!

El guardia apretó un botón para abrir la puerta, pero
entonces se asomó por la ventana.

–El señor Hainsbury quiere que espere.

Lilley masculló un juramento. Ya estaba harta de esperar a la gente, sobre todo a hombres que le habían de-
mostrado una y otra vez que no la querían. Subió al coche y pisó a fondo el acelerador.

–Que espere.

Pero justo en el momento en que atravesaba la puerta
y se incorporaba a la carretera, vio correr a su padre, haciéndole señas con la mano. Parecía que le gritaba algo.
Lilley masculló un juramento y tiró del freno de mano.
Cerró los ojos. Bajó del vehículo y se volvió hacia su padre. Él estaba casi sin aire. Al verla bajar, fue más despacio, pero ella no dio ni un solo paso para ir a su encuentro, sino que dejó que caminara hasta ella.

–No lo sabes, ¿verdad? –le dijo en voz baja–. Antes
de que me dijeras lo del bebé, yo pensaba que esa era
la única razón por la que te habías presentado aquí. Porque lo habías averiguado.

–¿Averiguar qué?

–Me muero, Lilley.

Ella se le quedó mirando, sin moverse.

–¿Qué?

Él esbozó una triste sonrisa.

–Por eso me dejó Tiffany.

Levantó el puro con dos dedos y lo miró fijamente.

–Los médicos me dan unos cuantos meses, quizá un
año. Quería que te casaras con Gerald porque... así sabría que... siempre estarías bien.

Temblando, Lilley miró a su padre bajo la tenue luz
de diciembre.

–¿No hay nada que hacer?

Él soltó el puro y lo aplastó con el pie.

–No. He cometido muchos errores, Lilley. Primero con tu madre, y después contigo. Pero ni siquiera yo puedo ser tan estúpido como para cometer este. No puedo dejar que te vayas, sabiendo que quizá nunca más vuelva a verte. Te quiero, Lilley –susurró–. Siempre he estado orgulloso de ti. Sé que no fui siempre un buen padre, y lo siento. Pero antes de morir, necesito... Te pido... –se le quebró la voz–. Te pido que me perdones.

Aguzando la mirada, Lilley sacudió la cabeza con decisión.

–Eso no va a pasar.

Su padre dejó caer la cabeza.

–No te vas a morir –añadió ella con una sonrisa insegura–. Te conozco, papá. Ni siquiera la muerte podría convencerte para que aceptaras un trato que no te gusta.

Él soltó el aliento. Levantó la vista y sus ojos estaban llenos de lágrimas.

–Te dije que me necesitabas. Era mentira. La verdad es... que soy yo el que te necesita –tragó con dificultad–. Te juro que... si vivo lo suficiente, seré mejor abuelo que padre.

Ella sintió un nudo en el estómago.

–No estuviste tan mal. De verdad.

–¿No?

–Bueno –ella esbozó una sonrisa triste–. Sí que me enseñaste a montar en bicicleta.

Él le devolvió la sonrisa. Justo en el momento en que iba a darle un abrazo, el suelo tembló bajo sus pies. Se oyó el pitido de un coche...

Lilley se volvió, sorprendida. Una furgoneta de reparto se aproximaba a toda velocidad, seguida de un remolque tan grande que casi se salía por los arcenes. La furgoneta de reparto pasó tocando el claxon.

–¿Qué demonios...? –exclamó el padre de Lilley, tosiendo.

–Abbott –dijo Lilley sin dar crédito a lo que veía.

¿Qué estaba haciendo el chófer de Alessandro en Minnesota? El remolque se detuvo detrás de su coche y la furgoneta se puso al otro lado, bloqueando todas las salidas. Confusa, Lilley echó a andar hacia Abbott, que acababa de bajarse del vehículo y caminaba a toda prisa hacia la parte de atrás de la furgoneta.

–Abbott, ¿qué estás haciendo aquí?

Lilley se detuvo al tiempo que Abbott abría las puertas de la furgoneta. Al mirar dentro, Lilley contuvo el aliento y se llevó una mano a la boca. Había una especie de príncipe dentro; un caballero medieval con armadura y todo. El caballero se levantó la visera. Era Alessandro. Sus ojos negros brillaban con adoración. Lilley sintió que le daba un vuelco el corazón. Soltó el aliento y echó atrás la cabeza para verle bien. Debía de haber dado un traspié y caído en coma o algo parecido. Estaba soñando. Eso era lo único que podía explicar aquella visión tan increíble.

–¿Qué estás haciendo aquí?

–He venido por ti –le dijo él, mirándola fijamente–. Fui un cobarde y un tonto. Vuelve conmigo, Lilley –le susurró–. Déjame demostrarte que puedo ser el hombre con el que siempre has soñado.

Los ojos de Lilley se llenaron de lágrimas. Fue hacia la furgoneta. Él se bajó con agilidad y fue a su encuentro. Pero el peso de la armadura lo pilló desprevenido. La visera se le cerró de golpe y lo hizo resbalar sobre la nieve.

Lilley corrió hacia él y fue a socorrerle. Se arrodilló a su lado y trató de ayudarle a incorporarse.

–¿Te encuentras bien? –le preguntó, ansiosa–. ¿Te has hecho daño?

Tirado en el suelo, Alessandro no se movía. ¿Y si se había dado algún golpe en la cabeza con el metal de la armadura? Lilley le levantó la visera con manos temblorosas. Pero entonces vio que él se estaba riendo en silencio. Sorprendida, casi se cayó hacia atrás.

–Oh, Dios. Has hecho un ridículo total –le dijo, sacudiendo la cabeza–. ¿Disfrazado de caballero? ¿Pero en qué estabas pensando?

–Nunca he visto un ángel tan bonito como tú –le tocó la mejilla–. Lucharía contra quien haga falta para estar en los brazos de la mujer que amo. Mataría dragones por ti –susurró.

¿Qué le había dicho? ¿Qué acababa de decir? ¿Le había dicho que la amaba? Lilley sintió que se le henchía el corazón. Bajó la vista. Sus pestañas batían contra sus mejillas.

–Vamos... Te ayudaré a levantarte.

Pero la armadura era más pesada de lo que pensaba. Primero Abbott, y después su padre... Los dos tuvieron que ayudarle a levantarse.

–Hola, señor –le dijo Alessandro a su padre, sonriendo–. Creo que no nos conocemos en persona. Soy Alessandro Caetani.

Walton parpadeó, perplejo. Miró a su hija.

–¿Este es tu marido?

Incapaz de decir nada, Lilley asintió y entonces se volvió hacia Alessandro. Oyó silbar a su padre a sus espaldas.

–Vaya. Menuda fusión.

Se volvió hacia él con el ceño fruncido, pero justo en ese momento su padre se dirigió a Abbott.

–¿Le apetece tomarse algo caliente?

–Desde luego. Gracias.

Lilley y Alessandro se quedaron solos en aquella carretera nevada y desierta. Ráfagas de viento llegaban desde el lago, agitándole el cabello, pero ella ya no sentía frío. Se sentía muy caliente, llena de luz.

–¿Qué te ha hecho hacer esto? –le preguntó poniendo una mano a un lado de su brillante yelmo–. Esta locura...

Él puso su mano, cubierta por un guantelete, sobre la de ella.

–Quería demostrarte que estoy muy arrepentido –le dijo en voz baja–. Nunca debí preguntarte si el niño era mío.

Ella tragó con dificultad y bajó la vista.

–No debería haber dejado de confiar en ti por una estúpida mentira piadosa –le dijo y le levantó la barbilla con la punta del dedo–. Te quiero, Lilley.

El sol de invierno se asomó por detrás de unas grises nubes de invierno. Un rayo de luz incidió sobre su armadura, haciéndola resplandecer.

–Tuve que perderte en Roma para darme cuenta de que tenías razón. Ahora lo único que me da miedo es perderte. Haré lo que sea para recuperarte, Lilley –le susurró y sus ojos oscuros se encontraron con los de ella–. Absolutamente cualquier cosa.

El blanco y el negro del invierno se iluminaron con el rosa y el verde de los ojos de Lilley. La amaba tanto... Y su vida juntos no había hecho más que empezar.

–Te quiero, Alessandro –susurró ella, estrechándole entre sus brazos.

Se abrazaron durante unos segundos en la quietud de la carretera. Y entonces Lilley se apartó. Frunciendo el ceño, miró hacia el enorme remolque, que seguía aparcado detrás de su coche.

–Pero ¿por qué has traído eso?

–Oh –Alessandro sonrió–. Pensé que nos íbamos a matar si trataba de venir a caballo, así que hice otros planes.

Miró al conductor del camión y le hizo una seña. El hombre bajó del vehículo y fue hacia la parte de atrás. Un segundo después, Lilley oyó el rugido lejano de un potente motor y entonces un Cadillac De Ville, de color rosa, salió del camión.

Cuando el conductor se fue a la garita de seguridad, Lilley se acercó un poco para verlo mejor, caminando a su alrededor, boquiabierta. Era un descapotable clásico de 1960, en el mismo tono fucsia que ella había llevado en el baile de Roma.

–¿Qué es esto?

Él sonrió de oreja a oreja.

–El coche en el que nos vamos a escapar, *cara*. Iremos hacia el horizonte.

Ella le devolvió la mirada.

–¿Y si no me hubieras encontrado? ¿Y si yo me hubiera ido ya?

–Entonces habría vendido mi empresa y me habría recorrido todo el país, buscándote –le dijo–. Habría ido a todas partes, hasta tenerte en mis brazos.

Ella contuvo la risa.

–¿Vestido de caballero andante? ¿En un Cadillac rosa? ¡Hubiera sido el día de suerte de los *paparazzi*! ¡Hubieran dicho que te habías vuelto loco!

–Y me he vuelto loco –dijo él suavemente–. De remate. Lo único que quiero hacer durante el resto de mi vida es hacer el loco. Loco por ti.

Lágrimas de felicidad empaparon las pestañas de Lilley. Poniéndose de puntillas, le sujetó la fría visera con la mano y le dio un beso. Su esposo le devolvió el beso con fervor, con reverencia, con pasión. Después de horas, o quizá minutos, Lilley se apartó para tomar aire. Los ojos de Alessandro brillaban... ¿De quién eran las lágrimas que le humedecían las mejillas? Lilley no sabía si eran suyas o de él. Pero ¿qué importancia tenía? Eran uno solo.

–Gracias por ser un loco –le dijo con el corazón lleno de alegría–. Gracias por hacer que todos mis sueños de la infancia se hicieran realidad.

Él bajó la vista hacia ella. Su hermoso rostro resplandecía.

–Y gracias a ti –le susurró, acariciándole la mejilla–. Por hacer que quisiera bailar.

Y en su primera fiesta de aniversario, celebrada en el mes de septiembre, no hicieron otra cosa que bailar y bailar. Él la guiaba por la pista de baile del salón de fiestas de la mansión de Sonoma, haciéndola girar sin parar. Su falda colorida se desplegaba en una miríada de tonalidades. Los invitados dejaban escapar exclamaciones de asombro que sonaban al unísono... No eran muchos, no obstante; solo la familia y los amigos más cercanos. El padre de Lilley contuvo la respiración mientras los veía bailar. En los brazos tenía al hijo de ambos, su nieto, Teo.

Alessandro la atrajo hacia sí. Lilley levantó la vista hacia él, casi sin aliento.

–Oh, Dios, oh... –murmuró ella, batiendo las pestañas–. Eres muy buen bailarín. ¿Has tomado clases?

–Ya sabes que sí. Las has tomado conmigo –la hizo girar y entonces esbozó una sonrisa traviesa–. No veo ningún dedo roto.

–Porque me llevas tú.

–No –susurró él, atrayéndola hacia sí–. Nos llevamos el uno al otro.

Lilley levantó la vista hacia él, embelesada con tanta felicidad. Su vida durante los diez últimos meses había sido un desfile de acontecimientos felices. Pasaban el tiempo a caballo entre Roma y San Francisco, donde Lilley había empezado su negocio de joyería, Lilley Caetani Limited. Su primera colección había sido un gran éxito internacional y había sido expuesta en la feria de joyería de San Francisco

Tantas cosas habían cambiado durante ese año... Lilley todavía se sorprendía al pensar que año y medio atrás había asistido a la feria de joyería de San Fran-

cisco como una invitada más; una chica con un sueño.
Y un año después era uno de los vendedores que con-
taban con un espacio en el evento. Con el apoyo financiero de Carrie, la empresa estaba prosperando y los pe-
didos empezaban a llover. Pronto tendría que contratar
a más empleados. Solía viajar con su marido y con el
bebé a Singapur, a Noruega, a Namibia... Y allí se ins-
piraba para sus diseños. Viajaba gustosamente allí donde
la llevara el plan de expansión de Caetani Worldwide.

Solo había una adquisición a la que se oponía rotun-
damente. Alessandro le había hecho múltiples ofertas de
compra para fusionar la empresa con Caetani– Hainsbury Worldwide, pero ella siempre se negaba rotunda-
mente.

–Lo siento, mi empresa no está en venta –le decía en
un tono ligero–. No estoy interesada en formar parte de
un conglomerado sin alma ni identidad propia.

–¡Oye!

Ella sonreía.

–Lo siento, pero mi empresa es pequeña y me gusta
que sea así.

Él ladeaba la cabeza y la miraba con gesto pensativo.

–Podríamos doblar tus expectativas de crecimiento,
sobre todo en Europa. Y también podría haber otros be-
neficios –murmuraba él entonces–. Piénsalo.

–No está en venta –le decía ella con contundencia.

Él arqueaba una ceja.

–¿No? ¿Estás segura? –le decía y la tiraba sobre la
cama.

Lilley suspiraba con solo recordarlo. Sin duda jamás
le vendería la empresa, pero era divertido verle intentarlo.

La fiesta de aniversario en Sonoma había sido cosa
de Alessandro. Lo había planeado todo de principio a
fin. La cosecha de vinos era excelente ese año y todos
los amigos y familiares sonrieron radiantes al levantar

sus copas para brindar por el aniversario de la joven pareja.

Olivia Bianchi no estaba invitada, como no podía ser de otra manera. Lilley ni siquiera se había molestado en incluirla en la lista de invitados. Ya sabía que no podía caerle bien a todo el mundo, y tampoco necesitaba impresionar a nadie. Las únicas personas que realmente le importaban estaban allí mismo; sus amigos Nadia y Jeremy, que estaban comprometidos, y su familia. Su primo había viajado desde Francia, junto con Carrie y el bebé. Alessandro y Théo nunca serían amigos, pero por lo menos habían llegado a una especie de tregua. Habían trasladado la rivalidad al ámbito del baloncesto y los deportes de riesgo como el paracaidismo

«Genial...», pensaba Lilley.

Eso era justo lo que necesitaba; un marido y un primo que se peleaban por saltar de un avión en el aire.

Incluso su padre estaba mejor, después de retirarse y dejarle la dirección de Hainsbury a Alessandro. La empresa estaba preparando su fusión con Caetani Worldwide, y toda la empresa quedaría en un fideicomiso para los nietos de Walton. El anciano se había mudado a San Francisco para estar más cerca de ellos y, casi por arte de magia, parecía más fuerte cada día, sobre todo cuando jugaba con su nieto.

La familia y los amigos eran todo lo que importaba. La fama y la riqueza eran secundarias. Los únicos diamantes que importaban eran las sonrisas de la gente a la que quería.

Cuando el baile terminó y los amigos aplaudieron, su padre llevó al niño a la pista de baile.

–Creo que quiere bailar –dijo Walton en un tono refunfuñón.

Una nueva canción empezó a sonar. Alessandro tomó a Teo en brazos. Le acarició las mejillas sonrosadas y la cabeza.

—Yo puedo enseñarte —le dijo, mirándole con ternura.

El corazón de Lilley se hinchió de felicidad al ver a su marido con el bebé en brazos. Él la rodeó con el otro brazo. Sonriendo, ella inclinó la cabeza contra su hombro y juntos se mecieron al ritmo de la música. Mientras escuchaba las risitas del bebé y las carcajadas entusiastas de Alessandro, supo que su vida siempre sería así, feliz. Los días brillarían como un diamante que se refracta en una miríada de colores, un caleidoscopio de gemas rutilantes, metal envejecido, piedras en bruto, platino...Y si se fundía todo... salía una familia.

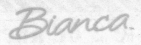

En el páramo golpeado por el viento, la solitaria figura de aquel hombre juró vengarse de la mujer que una vez destruyó el último fragmento de su corazón...

Lady Katherine Charlton nunca había olvidado al chico solitario de su infancia, el chico con los puños siempre preparados y el corazón roto. Ahora, el rebelde había vuelto, su cólera apenas disimulada bajo un pulido y autocrático exterior.

Cuando diez años de escándalos y secretos salieron a la luz tras un apasionado y furioso beso, el más profundo y oscuro deseo de Heath cristalizó en una promesa: Kat sería suya y al fin podría vengarse.

El retorno del extraño

Kate Walker

Acepte 2 de nuestras mejores novelas de amor GRATIS

¡Y reciba un regalo sorpresa!

Oferta especial de tiempo limitado

Rellene el cupón y envíelo a

Harlequin Reader Service®
3010 Walden Ave.
P.O. Box 1867
Buffalo, N.Y. 14240-1867

¡Si! Por favor, envíenme 2 novelas de amor de Harlequin (1 Bianca® y 1 Deseo®) gratis, más el regalo sorpresa. Luego remítanme 4 novelas nuevas todos los meses, las cuales recibiré mucho antes de que aparezcan en librerías, y factúrenme al bajo precio de $3,24 cada una, más $0,25 por envío e impuesto de ventas, si corresponde*. Este es el precio total, y es un ahorro de casi el 20% sobre el precio de portada. !Una oferta excelente! Entiendo que el hecho de aceptar estos libros y el regalo no me obliga en forma alguna a la compra de libros adicionales. Y también que puedo devolver cualquier envío y cancelar en cualquier momento. Aún si decido no comprar ningún otro libro de Harlequin, los 2 libros gratis y el regalo sorpresa son míos para siempre.

416 LBN DU7N

Nombre y apellido	(Por favor, letra de molde)
Dirección	Apartamento No.
Ciudad	Estado	Zona postal

Esta oferta se limita a un pedido por hogar y no está disponible para los subscriptores actuales de Deseo® y Bianca®.
*Los términos y precios quedan sujetos a cambios sin aviso previo.
Impuestos de ventas aplican en N.Y.

SPN-03   ©2003 Harlequin Enterprises Limited

Los mejores sueños
CATHERINE MANN

Los habitantes de Vista del Mar estaban a punto de pagarlo caro. Rafe Cameron había hecho fortuna y había vuelto para saldar viejas deudas, pero no había contado con encontrarse con Sarah Richards, su novia del instituto, que estaba decidida a evitar que perjudicase a media ciudad.

Divertido al ver a Sarah convertida en benefactora, Rafe decidió escuchar sus ruegos. Aunque ni consiguiendo deshelarle el corazón iba a hacer que cambiase de planes. Hasta que una inesperada revelación lo cambió todo.

Voy a tomar las riendas

Bianca.

Los placeres sencillos a veces se complicaban

Nicholas Savas era alto, moreno y demasiado guapo como para poder confiar en él.

Para proteger a su alocada hermana pequeña de su magnetismo sexual, Edie se interpuso y fue ella quien cayó en sus redes.

A Nick le fascinó la desafiante y hermosa Edie, todo un reto y una tentación a la que conseguiría arrastrar desde el salón de baile hasta su dormitorio.

Pero una noche con Edie Tremayne no fue suficiente. Ni una, ni cien.

Una noche para el recuerdo

Anne McAllister